鼓韵心声

——京东大鼓全国优秀作品文集

张银平 主编

北京燕山出版社

图书在版编目（CIP）数据

鼓韵心声：京东大鼓全国优秀作品文集 / 张银平主编 . —北京：北京燕山出版社，2024.1
ISBN 978-7-5402-6567-0

Ⅰ . ①鼓… Ⅱ . ①张… Ⅲ . ①京东大鼓—鼓词—作品集—中国—当代 Ⅳ . ① I239.2

中国版本图书馆 CIP 数据核字 (2022) 第 092866 号

鼓韵心声——京东大鼓全国优秀作品文集

编　　者：张银平
责任编辑：战文婧
装帧设计：书点文化
出版发行：北京燕山出版社有限公司
社　　址：北京市西城区椿树街道琉璃厂西街 20 号
邮　　编：100052
电话传真：010–65240430（总编室）
印　　刷：四川科德彩色数码科技有限公司
开　　本：880mm × 1230mm　1/32
字　　数：157 千字
印　　张：6.25
版　　次：2024 年 1 月第 1 版
印　　次：2024 年 1 月第 1 次印刷
Ｉ Ｓ Ｂ Ｎ　978-7-5402-6567-0
定　　价：76.00 元

目 录
CONTENTS

1

半条棉被

郭 杰

一九三四年，

湖南的冬天寒气逼人，红军到了沙洲村。

宿营就在大街上，宁可挨冻也不敲百姓门。

百姓们从没见过这样的军队，把他们让进自己的家门。

有位大嫂叫徐解秀，请来了三位女红军。

一张小床四人睡，丈夫到堂屋暂且栖身。

女红军只有一条棉被，大嫂只有棉絮盖在身。

红军在大嫂家住了三晚，帮大嫂干活感情深。

临走时悄悄留下棉被，大嫂一见跑出了家门。

追上了女红军，忙把被送上啊，推过来让过去难解难分。

女红军掏出剪刀把棉被剪两半，留一半给自己另一半送亲人。

红军说等到革命成功后啊，定要送一条新被到大嫂的家门。

大嫂她接过被紧紧地抱怀里呀，心激动手颤抖满脸是泪痕。

日月呀像穿梭一别就几十载呀，徐大嫂变大娘满脸皱纹：

"不知道你们仨现在到了哪里，是不是已成家都有了儿孙。为什么当年承诺迟迟不兑现，你们这三个人，是我这老太婆想念一生的人！"

一九八四年，记者重走长征路，采访到了沙洲村。

徐解秀那年八十四岁，请记者帮着找红军。

她的故事上了报纸，感动了国家领导人，在全国找这三位女红军。

找来找去也没找到，邓颖超等人心急如焚。

在当时，健在的女红军有十五位，买了一条蚕丝被捎给老人。

记者兴冲冲去送被，没想到，老人已去世成了故人。

（白）书中暗表，红军当年离开沙洲村之后，白军马上就追了过来。他们把全村的人都赶到一个大祠堂里，大声吼道："谁给红军做过事，快说！"百姓们一声不吭，他们就挨家挨户地搜查。女红军留给徐解秀的那半条棉被，不幸被敌人搜了出来，放火烧掉，他们还残忍地让徐解秀在祠堂里跪了整整半天。新中国成立后，徐解秀经常抹着眼泪对儿孙们说："我现在已经不缺盖的了，我只是盼着三位女红军能回来看看我，说说话。"临终前，她又对儿孙们说："虽然为了那半条被子，我吃了一些苦头。但那半条被子，也让我明白了一个道理——什么是共产党？共产党就是，哪怕自己只有一条棉被，也要分一半给老百姓的好人哪！"

这位老人，

临终前说的这番话，发自肺腑感人至深。

她说出了党的生命密码，说出了党的长寿基因。

半条棉被是根脉，半条棉被是党魂。

半条棉被是旗帜，半条棉被是精神。

共产党历经百年风雨，半条棉被，就是我们永远的初心。

传统美德记心中

王丛民

表的是：

父母年高莫心烦，

孝顺二老记心间。

不论富贵与贫贱，

养育之恩报不完。

想当年，

小小天使你来人世，

正是咱生母过难关。

月光下，

湿窝挪到干窝里。

五更天，

血水化作奶水甜。

妈妈她，

起早贪黑不怕苦，

逗儿微笑心里甜。

幼小无力儿病痛，

母亲心焦眼急红。

为儿成长把心操碎，

寸步不离用手牵。

六岁七岁把学上，

盼儿奋发学圣贤。

多少年，

等儿长成参天树。

老人家，

腰背疼痛两腿弯。

出出进进叨叨念念，

盼儿在外平平安安。

平日里，

有好吃的就把儿盼，

从不往自己嘴里填。

老爹老妈，

老人像小孩子一个样，

顺言顺语要面带笑颜。

真要是，

头疼脑热早医治，

生病护理病床前。

孝顺老人，

端屎端尿别嫌弃，

再苦再累心不烦。

父母晚年过得好，

你的脸上光彩添。

站在人前腰板硬，

你树榜样下辈传。

如今走进新时代，

社会文明讲孝贤。

人常说，

人生在世如闪电，

侍奉父母才几天。

老人百年合上眼，

几多儿女在身边。

孝顺不能光等待，

失去时机后悔难。

找点时间陪陪父母，

让老人幸福享晚年。

百孝篇

杜润启　韩紫雯

天地重孝孝当先，

一个孝字全家安。

为人需当孝父母，

孝敬父母如敬天。

孝子能把父母孝，

下辈孝儿照样还。

自古忠臣多孝子，

君选贤臣举孝廉。

要问如何把亲孝，

孝亲不只在吃穿。

可惜人多不知孝，

怎知孝能感动天。

孝子贫穷终能好，

天将孝子另眼观。

诸事不顺因不孝，

不孝虽富难平安。

爹娘面前能尽孝，

一孝就是好儿男。

男有百行首重孝，

孝字本是百行原。

女得淑名先学孝，

三从四德孝为先。

能孝何在贫与富，

量力尽心孝不难。

孝从难处见真孝，

亲由我孝寿由天。

孝字齐家家能好，

孝字治国国能安。

天下儿孙尽学孝，

一孝就是太平年。

真心为善是真孝，

万善都在孝里边。

孝子在世身价重，

孝子去世万古传。

此篇句句不离孝，

离孝人伦难周全。

念得十遍千个孝，

消灾解难百孝篇。

如今世人都盼孝，

孝字人人记心间。

和谐社会人人孝，

唱段大鼓做宣传。

新劝人方（外一首）

崔继昌

我开着夏利到城西，

碰见个朋友开着奥迪，

还有一个老相识，

开的是台拖拉机。

那拖拉机不如我的夏利，

也不如人家奥迪。

那汽车不是量人的尺，

开汽车的品质未必高贵，

德不见得低。

人生难得有机会，

谁抓住机遇谁创奇迹。

今天你在河东住，

也许明天到河西。

哪怕你有上亿资产，

患难之交也忘不得。

富了别把朋友忘，

家乡父老不可欺。

娱乐场所要少去，

成了名也别把婚离。

更不要在外养"小蜜"，

让儿孙知道没脸皮。

身居高位别腐败，

别忘百姓苦与饥。

为民办事民不怨，

贪赃枉法法不依。

干公安的可别对百姓横，

要敢跟黑恶玩横的。

检察院的别光把别人察检，

自己也别干违法的。

做买卖的你有秤，

有秤也别光称东西。

经常用来称称自己，

千万别把良心卖出去。

父母养儿儿生子，

子孝孙贤世代袭。

人一生下来就会哭，

一哭当妈的就知道是饿的。

学说话，

先会叫的是妈和爸，

先会叫大爷就有问题。

学走路，

必须得有大人领，

你往东领他不往西。

家长是孩子的好榜样，

你不学好，

孩子就干违法的。

养子不教父之过，

等到出事就来不及。

上学老师是关键，

误人子弟家长不依。

小树要镎小孩要管，

娇生惯养可使不得。

该上幼儿园就让他去，

从小让他懂规矩。

上小学学会管自己，

上中学学会自解题。

上大学要找准人生路，

做人要实不要虚。

年轻人就是要干事业，

游手好闲不适宜。

手机上网很随意，

黄色网站去不得。

直播发帖要守法，

别净整那没用的。

虚拟的总归不实际，

现实社会是真的。

全都生活在社会里，

人生好比一盘棋。

让一招未必亏了你，

丢卒丢马为保车。

心田似海才能忍，

小不忍则输大局。

活到老来学到老，

不想落后就得学习。

拿得起来放得下，

知进知退总适宜。

大肚能容天下事，

小肚鸡肠死了都屈。

笑口常开笑对生死，

死到临头都笑嘻嘻。

兵

崔继昌

慰问亲人子弟兵，

走进兵营就说兵，

今天我唱兵字令，

把掌声送给子弟兵。

新兵老兵男女兵，

步兵炮兵坦克兵，

水兵伞兵航空兵，

修路架桥铁道兵，

开山筑路工程兵，

传递信息通信兵，

驾驶汽车运输兵，

站岗放哨警卫兵。

救死扶伤卫生兵，

养猪做饭炊事兵，

登台演出文艺兵。

这个兵，那个兵，

都是人民的子弟兵！

子弟兵，要练兵，

您猜一猜：

什么兵练兵噌噌噌，

什么兵练兵嗡嗡嗡，

什么兵练兵咻咻咻，

什么兵练兵咚咚咚，

什么兵练兵轰隆隆，

什么兵练兵噔噔噔，

什么兵练兵丁零零，

什么兵练兵砰砰砰？

您认真看，您仔细听，

导弹发射噌噌噌，

飞机旋转嗡嗡嗡，

快艇出击咻咻咻，

大炮开火咚咚咚，

坦克前进轰隆隆，

战士冲锋噔噔噔，

通信联络丁零零，

子弹出膛砰砰砰。

噜噜噜，嗡嗡嗡，

咻咻咻，咚咚咚，

轰轰隆，噔噔噔，

丁零零，砰砰砰！

人民军队大练兵，

各路大军显神通。

抗洪抢险是神兵，

抗震救灾是尖兵，

冲锋陷阵是标兵，

建功立业是精兵；

出奇制胜是神兵，

敢打敢冲是尖兵，

精神文明是标兵，

为人民服务是好兵，

保卫祖国全靠兵，

齐夸人民的子弟兵！

河南人，中！

贾朝英

三伏的日子闷热的天，

一场暴雨肆虐河南。

洪水泛滥百年未见，

勇敢的郑州挑重担。

话说地铁五号线，

下晚班的人们进站前。

瓢泼的大雨下了两天，

坐地铁回家心安然！

火车启动到第二站，

前方的轨道突中断！

这时节，

恐慌的乘客盼出站，

司乘人员引路艰。

眼看着前方有了亮点,

但洪水倒灌把路拦。

大家又赶忙回车厢站,

污水沿车门窗缝隙钻。

齐腰深的洪水往上蹿,

惊恐的人们往上攀缘。

座位上老幼已站满,

大家互相鼓励盼救援。

没人滋生绝望的意念,

扶老携幼共克时艰。

咚咚咚!噌噌噌!

车厢上边有人言,

救援的队伍砸开了天窗。

清新的空气在一瞬间,

晕倒的乘客紧急救援,

接着是弱势群体被拥出站,

心中有爱互相传。

您看那,

惊恐不慌的队伍里,

互相搀扶走出鬼门关。

情侣松开了恋人的手，

让妇女儿童走在前。

医生穿上了白大褂，

让职业标志看明白。

自救互救包扎熟练，

还现场帮教青壮年。

五号线的乘客终于脱险，

此刻的郑州已是汪洋。

这就是，

英雄的河南人战洪险，

相互友爱不畏艰难。

齐心协力智斗天，

团结的力量大无边。

中国人勇气世人赞，

民族富强代代相传！

中国爹娘

崔 征

说书唱曲劝人方，

三条大道走中央。

善恶到头都有报，

人间正道是沧桑。

春夏暖来秋冬凉，

怕冷就得穿衣裳。

知冷知热人疼爱，

至亲至爱是爹娘。

中国爹娘：

有钱省给下一代，

尽力要把儿孙帮。

有房子留给下一代，

他们甘愿住草房。

有知识教育下一代，

就盼望：

下一代成为国家栋梁。

有病痛却不告诉下一代，

最无私的就是中国爹娘。

中国爹娘，

您好生地歇息一会儿吧，

在变老的路上要健康。

记得善待您自己，

别总在为儿孙忙。

干不完的事在家里，

走不尽的路在厨房。

伴随着星星伴随月，

伴随着寒风伴夕阳。

备下了二代的早餐后，

又给三代穿上衣裳。

23

不争气的老腰疼，

吞噬着你的幸福时光。

家庭就是一个孤岛，

哪里是你逃生的地方。

享着国家退休待遇，

身兼家中各种繁忙。

洗衣做饭拖地板，

接送孙子上学堂。

没有掌声鼓励你，

只有压力等你扛。

还需自己哄自己，

乐此不疲喜洋洋。

苍天为你淌下泪，

问你累不累来忙不忙。

谁知你回答真干脆，

你说道：

天伦之乐喜在心房！

一生精力给儿女，

一生只为儿女忙。

为了二代为三代，

甘愿把那孙子装。

世上纵有万般好，

不及中国的爹和娘！

太行山上新愚公

李宝林　张海霞

巍巍群山峰连峰，

太行山上新愚公。

李保国扶贫搞科技，

治理山区建奇功。

河北农大做决定，

要治理太行调集精兵。

先组建治理山区的课题组，

李保国勇站船头在其中。

为科技推广描远景，

治理山区他满腔热情。

太行山贫条件差，

山间地头歉收成。

李保国心情不平静，

决心靠科技脱贫穷。

他白天登山去查看，

夜晚研究画地形。

他带领大家种果树，

让荒山野岭郁郁葱葱。

开山造地埋头干，

山区人民力无穷。

艰苦奋斗齐努力，

棵棵树苗要见收成。

没想到五月突然降雪，

山上的果树遇上了灾情。

老乡们见到这情景，

不知所措干叹气。

这老乡们说呀：

"这几年的辛劳都白费了，

果树冻伤可咋收成？"

大家的情绪很低落，

村支书顿时想起福星。

他急忙忙，

给李保国教授打电话：

"快帮忙献策挽救灾情。"

李教授在保定正住院,

闻听此讯不安宁。

排险救援可不能等,

他立刻拔掉了输液瓶。

六百里路连夜赶,

治理灾情一刻不停。

赶到现场做决定,

让大家用烟熏果树防结冰。

果园的积雪被熏化,

果树脱险换新生。

乡亲们称赞李教授:

"您是俺们的大救星!"

李教授说:

"咱乡亲们心要连在一起,

战胜困难力无穷。

不忘初心跟党走,

脱贫致富奔前程!"

到后来,

李保国扎根山区二十余载,

治理山区建奇功。

昔日的荒山种上了果树，

富岗苹果传美名。

李保国治理山区把毕生献，

被誉为太行山上新愚公。

信 仰

姜子龙

百年华诞喜神州，

载歌载舞乐悠悠。

万众齐颂共产党，

满怀豪情展歌喉。

在 2021 年的 7 月 1 日，

鲜红的党旗绣着镰刀锤头。

在这面旗帜的指引下，

共产党员前仆后继风雨同舟。

要割断旧世界的一切枷锁，

把污泥浊水埋进深沟。

多少英烈血洒疆场，

历历在目涌上心头。

李大钊奔赴刑场挺胸昂首，

瞿秋白慷慨就义鲜血流。

方志敏从容不迫眉头不皱，

国际歌歌声嘹亮声声入云。

恽代英神色坦然无有惧色，

向警予巾帼英雄怒斥敌酋。

陈铁军周文雍刑场上的婚礼多壮丽，

天地作证结鸾俦。

墙壁之上诗一首，

字字行行鲜血留。

上写着：头可断，肢可折，

革命精神不可灭；

壮士头颅为党落，

好汉身躯为群裂。

英雄气概贯九州。

江姐她在狱中还把红旗绣，

驱除黑暗把光明留。

为了人民翻身求解放，

革命何须怕断头。

董存瑞舍身炸碉堡，

邱少云烈火烧身怒视敌寇，

谁不竖起这大拇指头。

黄继光用身躯开辟胜利路，

气贯长虹英烈千秋。

党的女儿赵一曼，

棍子打，鞭子抽，

老虎凳，辣椒水，

各种刑具都用够，

坚贞不屈气节不丢。

刘胡兰面对铡刀正气凛然，

视死如归鬼神愁。

敌人问："你为啥要参加共产党？"

她回答说："因为共产党为穷人办事！"

"你小小年纪好嘴硬啊！你就不怕死吗？"

"怕死不当共产党！"

她义正词严令敌抖，

生的伟大、死的光荣，

胡兰精神万古流。

为什么都把生死置之度外？

俯首甘为孺子牛？

因为他们面对着党旗举过手，

革命的信仰在血里头。

生命多长奋斗多久，

就是让中国人民挺起腰杆抬起头。

看今朝，长城内外花烂漫，

红旗飘飘遍神州。

党指方向朝前走，

核心领航争上游。

亿万人民精神抖，

挺胸膛，昂起头，撸起袖，

复兴路上再加油。

坚定不移跟着党，

踏着先辈的足迹，乘风破浪在前头。

科技脱贫幸福花

李国岐　安学锋

表的是：

大雪纷飞狂风刮，

旷野荒郊雪漫天涯。

青年汉子聚酒会呀，

举杯赏雪把话拉。

张说这瑞雪把丰年兆，

李曰我家要多种西瓜。

种大棚的多种蔬菜，

搞养殖的话鸡鸭。

句句离不开老行当，

喜鹊登枝叫喳喳。

这时进来一位女书记，

人称镇里一枝花。

一件风衣披身上，

芳龄不过二十八。

农大硕士刚毕业，

下到基层来安家。

走村串户谋发展，

踏雪走访做调查。

听罢了村民一番话呀，

不由得竖指称赞夸。

书记撑腰打气温声话鼓励，

亲嘱别忘科技发家。

科技就是摇钱树哇，

科技开创幸福花。

这种地的要有大计划，

要科学管理精准施策种庄稼。

哪有农家困难户，

政府帮扶过沟洼。

常言说小溪有水江河满，

振兴乡村强国家。

党中央决策脱贫奔小康路，

习总书记贫困地区亲访调查。

听罢了书记一席话，

吹开了农民心头花。

你言我语开言道，

政府帮扶的政策顶呱呱。

脱贫致富强民策，

一心为咱老百姓的日子发。

咱要唱好百鸟朝凤曲，

交响乐齐奏迎朝霞。

全党全民齐奋进，

脱贫开出幸福花。

全面脱贫奔小康，

再创辉煌圆梦复兴伟大中华。

团结就是力量

姚建新

柏坡岭上雪翩翩，

家家户户迎新年。

北庄村突然传喜讯，

山村沸腾锣鼓喧。

您要问这是咋回事儿？

听我从头对您言。

却原来，西柏坡镇北庄村，

甩掉穷帽换新颜。

全村党员开大会，

气氛热烈又庄严。

村书记说："咱村过去实在穷，

山多地少多荒滩。

急得大眼儿瞪小眼儿，

愁眉苦脸叹艰难。

男孩儿长大出村去，

打工挣个零花钱。

姑娘有朝一日出了嫁，

再也不愿把家还。

人家不是不把家乡爱，

北庄村饿得那老鼠登上锅台直晕圈。

自从党中央发出脱贫攻坚令，

北庄村迎头赶上好时机。

驻村书记跑项目，

两委班子勇承担。

全村拧成一股绳，

齐心协力斗志坚。

看如今——

太阳能，通了电，

修村路，长又宽；

大棚蔬菜种得好，

馥郁芬芳牡丹园。

红色旅游结硕果，

绿色生态满山峦。

柏坡岭上摘穷帽，

建起美好新家园。

俺想给习总书记写封信，

把老区人民的心情表一番。

请总书记有空做客咱家乡，

鼓舞咱小康路上再登攀！"

大家齐说："好好好，

笔墨纸砚已备全。

你就写：北庄村如今脱贫啦，

日子越过越觉甜！"

大家伙你言我语多热烈，

不知不觉，旭日东升霞满天。

书信飞向中南海，

全村老少喜开颜。

"习总书记回信啦！"

这消息像春风吹拂太行山。

山村沸腾人欢笑，

乡亲们激动的泪花粘腮边。

您若问：习总书记说了啥？

他话语亲切润心田。

（白）习总书记回信说："78 年前，《团结就是力量》从你们那里唱响……如今，你们带领乡亲们传承红色基因，团结一心，苦干实干，摘掉了贫困帽子，我感到很高兴。……中国共产党百年史是一部团结带领人民为美好生活共同奋斗的历史……希望你们坚决响应党中央号召，充分发挥先锋模范作用，把乡亲们更好团结起来、凝聚起来，心往一处想，劲往一处使，让日子过得越来越红火……习近平 2021 年 2 月 7 日。"

原来，《团结就是力量》这首歌，是由牧虹作词、卢肃作曲，在 1943 年 6 月创作于西柏坡镇北庄村。

团结就是力量，

团结就是力量！

这支歌，多坚定，

漫漫征途响耳边。

这支歌，多高亢，

鼓舞斗志破万难。

这支歌，多带劲，

凝心聚力挥铁拳。

这支歌，多嘹亮，

穿越时空震苍天。

习主席号召团结向前进，

中国人民志如磐。

北庄村，寒冬过去春来了，

漫山遍野百花鲜。

京杭大运河

宋 宁

一条大河波浪宽，

连接北国和江南，

（白）"全长 1797 公里，流经四个省、两个直辖市——"

从北京到浙江杭州湾。

大河开凿在公元前，

沿河两岸得到发展，

生活方式彻底改变，

城镇乡村幸福家园。

回首 2014 年，

大河被列为世界遗产，

最早，最长，最美，最文明，

这四个之最，天下流传——

大河流水千年不断，

把五大水系紧相连，

日运货量千百万，

百舸争流在大河之间——

夜幕降临船靠岸，

来往船工俱欢颜，

小曲儿小调儿悠扬婉转，

不知是天上，还是人间。

钱塘江面有奇观，

江淮大地米粮川，

黄河海河奔流入海，

燃灯宝塔在北京通州张家湾。

香山红叶红满天，

白塔倒映在颐和园，

紫禁城里看花了眼，

刘姥姥进了大观园——

栗子面的窝头香又甜，

狗不理的包子要两盘，

酥脆大麻花、大桥道糕点，

您给我打包，我带上船。

沧州小枣脆又甜，

德州扒鸡味道鲜，

这些美食，我不吃光看，

这肚子满满，又鼓又胀，还没消化完——

顺流而下把景观，

齐鲁大地胜江南，

咬牙跺脚，我干瞪眼——

两部手机，都没了空间。

吴王夫差开凿大河在公元前，

消灭齐国，称霸中原，

硝烟散尽，尸骨成片，

壮士鲜血染红河滩。

扬州琼花香又艳，

隋炀帝修大河，动用民工上百万，

龙船停靠扬州岸，满城花草尽枯干。

恼羞成怒返程登船，琼花绽放，鲜又艳，

闻听急忙向回赶，残枝败叶在眼前。

得民心者得天下，万物生灵保江山，

《清明上河图》精彩画面，

淡雅祥和繁华亮丽美景观。

百官开凿通惠河，

大都城繁华在积水潭，

当年北京什刹海，

那是船遮水面，旌旗招展，装卸繁忙，热闹非凡。

永乐皇帝掌政权，

迁都北京满河帆，

大明天下得到发展，

才有那郑和七下西洋的世界奇观。

乾隆爷下江南，听昆曲，坐乌篷船，

徽班进京贺寿诞，国粹京剧诞生在人间。

清末民初，内忧外患，

倭寇蛮夷，军阀混战，

大河淤堵，漕运中断，

往日的繁华，再也看不见。

新中国，大运河受到保护、得到发展，

与万里长城齐名，让世界人民刮目相看。

长城是人字的一个撇，

运河就是人字另一捺，

大写的人字在大地呈现，

中华儿女，昂首挺立在天地之间。

长城是一条中国龙，

运河是弹唱的一把弦，

巨龙飞舞，琴声婉转，

歌舞升平，国泰民安。

大运河文化蓬勃发展，

把两条丝路紧相连，

中华儿女团结奋战，

在民族复兴的道路上，乘风破浪，满载扬帆——

党的好闺女— 张小娟

宋 宁

二○二○攻坚战，神州大地捷报传，

百万群众脱贫困，县乡村寨花满园。

在甘肃省舟曲县，有一位藏族姑娘，

个儿不高，圆圆的脸，爱说爱笑，爱钻研，

她就是"全国脱贫攻坚模范""优秀共产党员"张小娟。

中央民族大学毕业，在北京学习和工作整五年，

繁华城市，留不住这位优秀的姑娘，

回家乡做扶贫干部，奔走在山村田野间，

指导贫困户脱贫致富，领导表扬，群众称赞，

二○一○年，舟曲县突发特大洪水，

张小娟光荣入党，在抗洪抢险第一线。

被甘肃省评为最优秀的青年干部，

县扶贫办副主任，由她来担任。

乡亲们说："张主任是咱的贴心人，

不辞辛苦，任劳任怨，走遍全县 208 个村，

把百姓的冷暖，牢记在心间。"

她七岁的女儿说："要普通的妈妈，不要干部张小娟。

每天除了工作还是工作，没有节假日，没有星期天。

不给我开家长会，也不带我去少年宫和游乐园。"

张小娟讲："没有国家的富强，哪有小家的平安。

我要把青春献给祖国，

为舟曲县人民，建设幸福温暖的家园。"

二〇一九年十月七号，

小娟没顾上吃早饭，急匆匆去上了班，

带领四名记者，去百里外的两水镇，

检查扶贫工作，了解贫困户还有哪些需要解决的困难，

晌午，她吃着泡面，还笑着在把工作谈，

下午五点，晚霞升起在天边，

小娟坐在车里，用微信告诉爱人，

"完成工作，正在往回赶。"

爱人刘忠明看孩子写完作业，

已经是晚上八点，窗外繁星布满天。

拿起手机，给小娟连拨三个电话，一个也没通，

这些年经常这样，已经成习惯，

蒙眬中看见，小娟在给孩子唱歌，歌声蜜又甜……

一阵电话铃声，把美梦打断，

扶贫办来电话询问，

"张副主任，有没有到家？为何把手机关？！"

刘忠明听完思绪万千、心情烦乱，

县城与两水镇间，有一段道路崎岖蜿蜒，

里面是峭壁，外面是悬崖，

下面是白龙江，江水湍急深又宽。

想到这，他惊出一身冷汗，心惊肉跳，坐卧两难。

电话铃声，再次响起，

刘忠明没有听完，瘫坐在地，泪流满面——

34 岁的共产党员张小娟，

在完成工作，返回的路上，发生了车祸，

汽车坠落江中，因公牺牲遇了难……

漆黑的夜晚，大江两岸灯火通明，

干部群众沿江寻找，大声呼喊——

"张小娟，张主任，你在哪里，你回来啊……"

一声声，亲切的呼唤，

回荡在山谷，听得人流泪心儿酸。

轻轻的山风，没拉住这位好心的人，

滔滔江水，卷走为人民服务的张小娟。

悬崖峭壁，肃穆无声悲且痛，

苍松古柏，矗立默哀泪流干。

卓玛花开，漫山遍野——

党的好闺女张小娟，

用生命，谱写一曲气壮山河的诗篇，

祖国和人民，永远把你铭记在心间——

七个花生

孙东振　赵维新

百花争艳笑东风，

北斗指引着星辰大海的方向。

幸福路上手挽手，

来说说共产党员马雄。

马雄他今年四十八岁呀，

国家电网的普通一兵。

走街串巷搞维护，

田野乡村他留美名，

不管黑天白日风和雨，

用电有事您就找马雄。

二〇〇六年腊月那个寒夜呀，

满地白雪还刮着北风。

王大娘盘腿炕上坐，

看着电视剥花生。

忽然电视没声又没了影啊，

急坏了大娘啊出了声。

白天没电还罢了，

晚上她最怕黑咕隆咚。

不知道问题又出在哪儿吔，

像犯了咳嗽喘的老毛病喔。

转来转去可怎么办，

想起窗台上卡片来了精神。

拿起电话拨通了号，

那边回答像铜钟：

大娘，停电啦，那准是短路了，您别着急，我马上到。

说马雄，道马雄，

马雄他脚底下生了风。

一会儿来到大娘家里，

查电表、不放松，

电线老化是毛病。

改锥、钳子和胶布，

蹿上蹦下他忙不停。

他下地拍手说了一声"好了",

打开电视又见光明。

唱歌跳舞电视剧吧,

大娘心里笑出了声。

大娘的日子可不好过,

马雄一直记心中。

"大娘啊",马雄深情叫了一声哎,

"这个钱哪,由我承担。"

大娘她,急忙掏出钱来递给马雄,"你再帮我那怎么行,你就是当年的活雷锋哎。我说亲人哪!"

他们二人推来推去,真的没办法呀,

大娘她激动得热泪蒙住了眼睛。

大娘说,我孤苦伶仃的几十年,你一直在帮助我呀,

马雄说,帮您是应该的,有事您就吱一声。

大娘她急得是团团转,声音要哽咽啊,

忽然间看到了篮子里的花生。

挑了七个大个儿的,急忙递到了马雄手啊,

"孩子啊,孩子啊",她叫个不停。

"这几个花生啊你必须快收下呀，再不收下呀，我可要忍不住地、忍不住地、忍不住地哭出声。"

马雄他赶紧接在手啊，

大娘的心意我记在心中。

现在社会这么好，

大娘不笑可不行。

您要再遇到为难的事，

大娘啊，您要及时告诉我马雄啊。

同志们，

七个花生大又好啊，

道出了大娘真感情。

党员的品质真可贵，

热爱人民他是第一宗。

这正是，马雄好事说不尽，

为民服务公仆情。

人民利益无小事啊，

扶危济困的农电工。

红船精神代代传

王丛民

举义南湖涌青波，

红船巨手救山河，

若非领袖施宏略，

哪有今天好生活。

百年前，

嘉兴湖畔红船上，

马列主义得传播。

诞生了中国共产党，

拯救苦难的旧中国。

井冈山燃起星星之火，

英雄辈出遍全国。

根据地五次反围剿，

革命气势壮山河。

红军长征到陕北，

万水千山坎坷多、坎坷多。

抗日打击侵略者，

浴血奋战斗敌魔。

解放战争大决战，

三大战役平定干戈。

人民翻身得解放，

始得建立新中国。

老百姓乐呵呵，

人民当家做了主，

红太阳光辉暖心窝。

自力更生不怕苦，

全民重整旧山河。

一穷二白搞建设，

行行业业树楷模。

一代人，

擒龙揽月显身手，

多少人忠心赤胆报效祖国。

两弹一星核动力，

嫦娥一号月宫会嫦娥。

中华民族文化有特色，

建功立业把魁夺。

万顷良田多肥沃，

新型农业有规模。

繁荣昌盛万民乐，

国威军威变强国。

峥嵘岁月靠舵手，

新的起点再拼搏。

中国走进新时代，

红船领航锐意改革。

一带一路中国梦，

两个一百年强盛中国。

新时期，

踏上新的长征路，

伟大复兴开快车。

宏伟蓝图定实现，

大浪淘沙出英模。

万众一心跟党走，

乘风破浪再扬波。

践行初心和使命，

红船精神一路高歌。

小乌鸦

赵德明　郭宝艳

从前有一只小乌鸦，

羽毛漂亮闪光华。

妈妈年老飞不动，

浑身无力眼昏花。

这一天，妈妈早起去捕猎，

两手空空回了家。

她饥肠辘辘眼含着泪，

叫声孩子你别怨妈妈：

"那逃跑的虫儿飞得太快，

拼命追我也追不上它。

今晚回来我歇一宿，

明天再去把虫儿抓。

捉到虫儿喂饱你，

妈妈是你的天不会塌。"

小乌鸦听罢泪如雨下，

抱紧妈妈把话搭：

"不孝孩儿我已经长大，

学了本领不是虚夸。

我要为妈妈去捕猎，

明天一早就出发。"

妈妈听完多么高兴，

一遍又一遍嘱咐它：

"遇到危险你要机智，

有没有收获都早回家。"

小乌鸦早起往前赶，

睁大眼睛细观察。

它飞过大河与平地，

又飞上高空飞上山崖。

渴了到河边去喝水，

累了把羽毛刷一刷。

终于捉到虫一个，

喜出望外它乐开了花。

忽然间，乌云滚滚遮天日，

电闪雷鸣天要塌。

大雨倾盆狂风吼，

霎时平地变水洼。

这小乌鸦稚嫩的翅膀受了重伤，

它只感觉呀，

头昏脑涨，眼冒金星，浑身疼痛，

又饿又乏。

遇上这暴雨天叫它可怎么办？

孤零零被困在荒凉的野山洼。

风如鞭，雨似箭，冻得它直发抖，

为活命泥洼里苦苦挣扎。

它多想把虫儿一口来吞下，

可心里想啊，家里面还有那年迈的老妈妈。

妈妈年老体又弱，

这只虫儿能救她。

这小乌鸦，孝心感动天和地，

风停雨住出彩霞。

霞光万道风光美，

雨后飘香处处花。

景色虽好它无心赏，

扑打着翅膀又出发。

它心里只想着一件事，

飞回家去喂妈妈。

野菜谣

赵德明　郭宝艳

茫茫天宇小小寰球，

山河壮丽华夏神州。

朗朗乾坤人间美，

寒冬去，春风至。

春潮阵阵烟花起，

新崭崭的野菜冒了头。

鲜嫩的柳芽儿抿嘴儿笑，

万种风情似水柔。

春光一旦入了口，

唇齿留香回味不休，

清爽的气息四季难求。

早早开花的是苦菜，

亮闪闪的花朵惊眼眸。

枝叶翩翩欲起舞，

就像那迎风的少女半含羞。

甜丝丝的榆钱儿迎春露，

未曾长叶花开枝头。

层层叠叠的小翅膀，

招来了大鸟儿小鸟儿鸣啾啾。

大地暖暖艳阳照，

碧绿的荠菜满田畴。

大蓟小蓟好分辨，

别把那毛驴当马牛。

小蓟俗名叫刺儿菜，

大蓟的叶子展四周。

三月三，苣荬菜滋芽望天长，

蒲公英正在把根修。

槐树开花儿雪浪涌，

串串叠起白玉楼。

少年赤脚爬上树，

树下等着俏丫头。

小蜜蜂飞来又飞去，

采花酿蜜忙碌不休。

玲珑嫩叶儿千穗儿谷，

花袄红裙采一兜。

马齿苋又叫五行草，

白根红茎绿叶稠，

黄灿灿的花朵黑籽留。

汇聚金木水火土，

小小野菜天物之尤。

如今的生活富裕了，

好日子更上一层楼。

就在那春光明媚的休息日，

带老人领着孩子前去郊游。

沃野烟岚随风舞，

天高鸟飞春水流。

那孩子们，本是天生骄骄子，

自然的怀抱多么自由。

走堤坝，过渠沟；

登土岗，踏高丘。

花海如云放眼望，

阡陌纵横任你采收。

新鲜天然接地气，

连根带叶一溜丢。

无边乐趣有汗水，

赤子之心展歌喉。

回到家，亲手择（zhái）出劳动果，

一家老少喜心头。

施妙手，动巧谋；

冷藏后，可长留；

晒干菜，风味稠。

大好时光织锦绣，

风雨含情岁月柔。

这正是，

物华天宝钟灵毓秀，

实实在在胜似珍馐。

天地的恩泽大智慧，

做人可别耍小阴谋；

感恩大自然多敬畏，

保护环境爱我神州。

家乡的野菜向你招手，

闲情逸致粪土王侯。

唱唱刘虎"孺子牛"

尹洪艳

水有源来树有根，

脱贫不忘党的恩。

共产党全心全意为群众，

他比爹娘还要亲。

我唱的是有一位党员叫刘虎，

他鞠躬尽瘁为人民。

工作就在新疆的伽师县，

水利局局长的职务担在身。

那可是纯纯粹粹"疆二代"，

建设新疆他扎下了根。

勤勤恳恳，任劳任怨，

要为共产主义事业奋斗终生。

他深知，这伽师缺水千百载，

地震多发很闹心。

人们天天只能喝那涝坝水，

地下水少，还又苦又咸很难闻。

那家家都准备了盛水的桶，

户户都预备了接水的盆。

续上水，还得在太阳下边晒一阵，

红、浑、浊让人难饮，氟量超标真害死人。

外来人到这儿就犯肠胃病，

水的质量是祸根。

这没有水，苦于水，困于水，那各种的产业是不能发展，

生活水平上不去又怎能让人不受贫。

年轻人打工都往外地跑，

姑娘们纷纷嫁给了外乡人。

党中央打响扶贫攻坚战，

脱贫不能落下一人。

刘虎深知责任重大，

没有水源那是枉费心。

生态、生活、生产，这都离不开水，

水的问题不解决又怎能致富脱贫。

要说起伽师的水源是根本没有，

只能到外地去查询。

刘虎他，经过多次考察和论证，

结论是引用冰川雪水才能够治本，群众才能彻底翻身。

可冰川雪水距离伽师远得很，

两千多里工程艰难万分。

刘虎他再大的困难也不怕，

党做后盾充满信心。

下决心一定要补齐这块"短板"，

让几代人的梦想早成真。

一场围绕水源、环保、资金、工期的战斗开始打响，

他身先士卒朝前闯，勇往直前，能打敢拼。

多少日夜奋战在一线，

多少艰难险阻不退缩，

多少风沙日晒不畏惧，

多少汗流浃背湿衣襟。

忘了苦，忘了累，

忘了渴，忘了饿，

忘了苍蝇蚊子叮在身。

心里只有一个信念，

让伽师百姓早一日能喝上放心水，给党中央传喜讯，让习总书记好放心。

可多日的劳累让他筋疲力尽，

废寝忘食过度伤神。

这天他再也支持不住，是心发慌，头发晕，身子晃，两腿沉，

扑通一声摔在地，急坏了工地所有人，各个都为他揪着一

颗心。

赶忙把他送医院，

结果是肺癌缠在身。

医生说，必须马上治疗快手术，

安心养病别累心。

刘虎他眼看着诊断结果愣了神，

他想到，饮水安全工程到了关键时刻，

脱贫攻坚要夺秒争分，

我怎能临阵退缩去养病？

共产党员只能冲锋在前绝不能够后退半分。

他隐瞒了病情回到了一线，

与病魔搏斗显精神。

最后胜利完工是提前了一个月，

工程竣工水流家门。

人人喝上了幸福水，

他笑在脸上甜在心。

那老大爷是指着光荣脱贫的牌子开口笑，

老大娘沏茶待客也笑吟吟。

姑娘们跳起了欢乐舞，

小伙子唱歌手弹琴。

农林牧副齐发展，

瓜果飘香绿柳成荫。

哈密瓜远销国内外，

伽师葡萄更引人。

特色旅游吸引各地游客，

农家院变成了聚宝盆。

刘虎他用生命谱写了幸福曲，

孺子牛的精神传后人。

一张报纸定乾坤

胡密林

道白：红军不怕远征难，

万水千山只等闲，

一张报纸定乾坤，

赢得中华一片天。

唱：话说三五年的九月间，

红军长征战正酣，

后有追兵前堵截，

流血牺牲真艰难。

勇夺天险腊子口，

突破重围奔甘南，

化装奇袭哈达铺，

未费一枪和一弹哪啊。

中央红军进小镇，

不抢不夺纪律严，

不进民房不把民扰，

东西不差一分钱，

不拿群众针与线，

帮群众扫院子挑水干得欢哪啊。

到夜里呀！露宿街头屋檐下，

破衣烂裳难御寒，

面黄肌瘦显病态，

极度疲劳苦难言哪啊，

群众看见受感动，

仁义之师很少见，

感动的拿出食物和衣衫哎……

烧好热炕往屋劝哪啊。

军民一心渡难关。

毛泽东主席找报纸，

了解形势看全盘，

《大公报》上喜讯传，

陕北出了一个刘志丹。

道白：毛主席在《大公报》上看见，徐海东、刘志丹在陕北建立了革命根据地后，迅速与周恩来、张闻天、王稼祥、博古等中央领导达成共识，在哈达铺关帝庙召开了团以上干部会议，决定改变原定路线到陕北去，与徐海东、刘志丹会师。

唱：红军前进有方向，

　　　意志坚定奔陕甘，

　　　沿途播下革命种，

　　　星星之火可燎原。

　　　万里长征虽艰险，

　　　英雄齐聚宝塔山哪啊。

道白：事后得知，中央红军曾于9月12日在俄界召开会议，决定去川陕甘交界建立革命根据地，国民党已经预先部署了30万大军，张开了口袋。红军不但躲过一劫，而且在哈达铺补充粮食20万斤，食盐2万斤，食用油5000斤，骡马1000匹，猪羊50头，布鞋7000双，哈达铺是红军的加油站。

道白：这正是，纸上谈兵创奇迹，

　　　　　一段佳话万古传。

　　　　　长征的事迹我说不尽哪，

　　　　　下次再唱过雪山哪哎！……

巾帼英雄十姐妹

李 俊

大姐二十我十八，

坐着马车离开了家。

一个背包一件衣，

水库工地把根扎。

在党中央和毛主席的领导下，

世界第一大人工湖，

五八年开始修建啦！

两年七百三十日，

不修好水库不见妈。

唱的是一九五八年，

兴修水利建家园。

密云大地把水库建，

十姐妹的事迹我唱不完。

党中央亲自来指引，

二十万民工战天斗地。

劳动的号子高声喊，

战斗的誓言震山川。

工地组建一支突击队，

英雄的十姐妹报名抢先。

王建华大姐把头带，

二十岁是党员她不简单。

老二陈桂芝带伤参战，

范淑和、陈淑良，是老四、老三。

老五田秀荣是典范，

争当风钻手把重任担。

老六端佩如是军属，

英雄家风记在心间。

老七辛庆伶人人赞，

辞去教书把志愿填。

母亲声声把她劝，

她心如磐石志如坚。

她亲身经历洪水泛滥，

父亲惨死在洪涝间。

凄惨的事件历历在目，

不修好水库我不把家还。

殷淑琴、杨秀琴报名请愿，

是八姐九妹呈英贤。

老十孔海伶年纪最小，

能歌善舞人人喜欢，

鼓舞士气把干劲添。

这一天乌云翻滚天突变，

狂风暴雨雷声震天。

刚修好的大坝有危险，

坍塌可能在一瞬间。

英雄突击队十姐妹，

昼夜奋战冲在前。

汹涌的洪水向前涌，

泥土松动往下坍。

突然滚下来一堆石料，

打在姑娘们的身上边。

队长她身受重伤昏过去，

鲜血顿时染红了衣衫。

大姐她双眼紧闭，

呼吸急促，

脸色苍白。

好一位巾帼英雄王建华，

此时间姑娘们心疼的二目之中泪珠滚滚，

滴滴点点，点点滴滴，双泪落腮边。

姑娘们声声把她喊，

亲切的呼唤响在耳边。

大姐微微睁开眼，

拉住战友们发誓言。

咱只要还有一口气，

大坝必须保平安。

姑娘们跪地手挽手，

用血肉之躯把洪水拦。

二十万大军齐参战，

大坝增高到 143 呢。

这时节：

雨过天晴乌云散，

一道彩虹天空悬。

巾帼英雄十姐妹，

奋战之中赛男儿。

周总理亲自来接见，

十姐妹的故事代代相传。

科技小院来读研

任利红

李建是位好青年，

不去城市到田间，

把科技小院来创建，

帮着农民来赚钱。

这一天，他正聚精会神把课讲，

科学种植高产田。

这时来了一位老汉，

怒气冲冲走上前。

他拽着李建就往外走，

嘴里不住地骂连天。

老汉说："真是儿大不由爷来管，

翅膀硬了你就往外蹿。

人家都往高处走，

79

你怎么却往地缝里钻。

这为供你，咱家付出了多少血和汗，

日子过得多么艰难。

为供你，你妈身子变差常生病；

为供你，你爹我外出打工多少年。

从小没让你吃过一丁点苦，

没让你受过一丝的寒；

没让你下地锄过一棵草，

没让你浇过一分田。

读完了小学你又把中学念，

上完大学接着读研。

你在城市发展有多好，

你怎么回乡种开了田。

要知道你愿意把这农民做，

我何苦供你这些年。"

大家一听明白了，

原来是爹训儿子把脸翻，

急忙上前把架劝，

七嘴八舌开了言。

村长说："你先坐下喝口水，

今天我要和你谈一谈。

当个农民有何不好，

怎么总盼着儿子做高官。

在从前，我们这儿到处都是盐碱地，

苦了一年又一年。

春天遍地风沙起，

夏季连阴雨绵绵，

不是涝了就是旱，

蝗虫蚂蚱闹翻天。

村村都有光棍汉，

家家逃荒断炊烟。

兔子都不在我们这儿过，

耗子连窝都把家搬。

霹雳的一声春雷响，

新中国成立改地换天。

共产党，派来专家传经送宝，

改良土壤治河滩。

试验站建了一站又一站，

科技小院把知识传。

从此我们村大变样，

盐碱地变成了米粮川。

现如今，习总书记提出了中国梦，

小康建设快马加鞭。

民以食为天，

有粮天下安。

总人口突破了十几亿，

土地是三山四水一分田。

那以后，是谁给咱们造饭碗？

谁给咱碗里把米添？

得靠咱们农民的科学家，

得靠李建他们来接班。

李建他的路子走得正，

不愧是咱们农民的好儿男。

你当爹的就应该支持鼓励，

不应该把他的后腿拴。"

一番话说得大爷红了脸，

满面羞愧口难言。

李建也把爹爹劝，

又捶腿来又揉肩，

说："这里的乡亲都对我好，

跟我到家里一样般!

今天您来得真凑巧,

您也把种田的技术交流一番。

只要咱们农民们携起手,

中华民族伟大复兴就在眼前!"

心 灯

朱其圣

我打起鼓板唱京东，

唱个故事给大家听，

听罢你要是觉得好，

大家鼓掌我鞠躬。

那一天，朋友请我去吃饭，

我按时赴约到家中。

虽然没有山珍与海味，

家常便饭做得挺精。

这话越说来就越透，

酒越喝来就越浓。

推杯换盏很尽兴，

不觉就到了夜深更。

我起身告辞回家转，

拿起了马竿要起身行。

朋友忙说你先等一等，

这天黑路滑你要拿盏灯。

我听完很是不高兴，

瞎子点灯不白费劲儿。

这当着矬人别说短话，

拐着弯骂人可行不通。

我让大家给评评这个理，

你要觉得不公就来点掌声……

可朋友说，你可千万别误会，

我要当面对你说明。

今天我给你灯一盏，

你看不见，可别人他可能看清。

他看见你黑天来走路，

就能避让让你先行，

与人方便自己方便，

这道理人人可都记得清。

前些年，也是一个漆黑夜，

我匆匆忙忙赶路程。

就因为没有灯一盏，

车来了我都没看清。

只听砰的一声响，

当时就把我给撞蒙。

从此我就失去了一双眼，

那司机也跟着受了穷。

从此我就把灯点起，

照亮了别人我也得了太平。

凡事可不能竟想自己，

固执偏见可不行。

这懒龙就在沙滩卧，

一语让人心透明。

我明白了：

眼里没灯不可怕，

心里没灯瞎一生。

这人不可太固执，

换位思考才能行。

看事的角度不一样，

结果和见解都不相同。

这烙饼就得翻个个，

要学会理解和包容。

从此我也提起灯一盏，

照亮了前程也照亮了人生。

现如今，我编成了大鼓一小段，

与大家共享表心情。

祝大家平安健康事事顺，

富贵荣华年年升！

京东宗师，时代楷模——论董（湘崑）派京东大鼓的创立和传承发展

南开大学文学院　鲍震培

一、从发展观的角度重新评估董湘崑艺术成就和历史贡献

董湘崑的历史贡献是站在"巨人"的肩膀上发扬光大了京东大鼓艺术，在继承刘文斌艺术的基础上有了很大的发展，这种发展集中体现为创立了自己的风格，艺术带有个性的印迹，可以说是一位开山立派的宗师。法国哲学家布封说"风格即人"，风格也称流派，那什么是流派？流派就是个性化，流派就是发展。具体到曲艺或鼓曲来说，曲艺流派是指以某一个个体艺术家或艺术家群体为核心，集众多艺术家的创造性艺术成果，所形成的具有优秀代表作、独特艺术创造、鲜明艺术风格，受到广大人民群众喜爱，得以几代传承的艺术流派。一种艺术发展

到一定阶段会出现不同流派和风格，流派的产生说明此种艺术发展到了相当的高度。流派形成的标志是：1.有代表性艺术家并形成其独特的艺术风格。2.有追随其艺术风格的传人，其艺术得以持续传承。3.长期积累形成一系列代表性曲目。4.在一定历史时期内，在特定地域流传，得到广大人民群众承认和喜爱。以上可以归纳为"四有"。从以上条件来看，京东大鼓艺术家刘文斌和董湘崑都是独特风格流派的创始人。

流派一般以艺术家个体姓氏命名，此艺术家具备能够成功立派的条件是：1.在继承的基础上根据个人自身条件扬长避短。2.有强烈的创造意识，遵循和实现一元化艺术创作方式。3.有兼收并蓄、吸收融化的能力。4.形成明显的、有辨识度的风格特征。以上也可以总结为四个"具备"。

曲艺流派创立的核心是一元化，所谓一元化是指流派以艺术家个体姓氏命名，以代表性表演艺术家为中心的艺术创作方式。在流派艺术创造的全过程中，艺术家既要以自身的客观条件（如嗓音条件）为基础，充分发挥自身表演艺术的专长，又要善于创作和修改适合自己演出的曲本，还要考虑伴奏人员和伴奏乐器的搭配，调动他们的积极性和创造性，吸收他们艺术创造的成果，所以流派代表人物既是表演艺术家，也是文学家、唱腔作曲家、节目导演和舞美设计家。董湘崑正是这样一位创造了京东大鼓艺术流派的代表性人物，他所创造的艺术流派即为董派。

从历史情况看，现有戏曲曲艺流派大多是二十世纪三四十年代形成的。二十世纪五十年代以来，由于专业院团中分工的细化，使原本综合性的艺术创作出现多元分化、互相割裂的状况，作者、唱腔设计者、乐器演奏者等分而治之，各司其职，这种多元化的创作主体很难满足以某一位表演艺术家为中心的综合性一元化艺术流派的需要，所以戏曲曲艺中形成流派的脚步放慢，甚至停滞，曲艺中鼓曲的情况略好于戏曲。而董湘崑是一位工人曲艺家，其身份不属于专业院团，相对自由的创作环境给了他形成一元化中心艺术流派的外部条件。在"一"与"多"的辩证关系中，以一当多，一以胜多，一专多能，董湘崑成为新中国成立以来曲艺界素质全面，善于吸收诸家之长、扬长避短的精通曲艺表演、曲艺创新的艺术家，他所取得的艺术成就和贡献是有目共睹的。他发扬光大了京东大鼓艺术。

但是目前对于董湘崑艺术成就和历史贡献的认识与宣传还很不够，他提出"人比钱贵，德比艺高，德艺双馨，吾辈目标"，是真正的人民艺术家，是曲艺界行风建设的标杆典范，在艺术上是泰斗级的人物。在非物质文化遗产传承方面京东大鼓走在全国的前列。他的终身成就和贡献将永留青史，万人敬仰，但现在董老的价值是被低估的，他的影响不止属于一个区、一个市，而应该是全国的，也就是说我们应该在国家级非物质文化遗产的高度上，从这门艺术持续性发展的角度，重新认知董湘崑的艺术成就和历史贡献。文艺评论界和曲艺理论界有责任认真研究董湘崑京东大鼓艺术流派的产生和特点，总结董湘崑的艺术成就和艺术规律，促进京东大鼓在海内外的传承和发展。从本门艺术的发展角度上看，董湘崑至少应该和京韵大鼓的骆玉笙旗鼓相当，甚至在艺术创造性和曲种的影响力两方面是超过骆玉笙的。北京相声演员、曲艺研究家徐德亮这样评价董老的艺术："在京东大鼓里，他是开山立派的祖师，也是时代造就的明星。在我们看来，他和京韵大鼓骆玉笙等大师一样，都属于空前绝后的宗师。"

二、从艺术美学角度看董湘崑的艺术成就和历史贡献

研究京东大鼓的创新发展，离不开董湘崑的艺术成就和贡献，离不开董湘崑在继承的基础上对京东大鼓的创造提升。

艺术美学认为：艺术流派的产生是某种艺术发展到相当的高度而出现的现象。艺术流派的产生和出现，有多种因素，其中有一定的时代和社会生活对艺术表现的要求，有广大观众审美需要方面的原因，也有艺术本身从粗到精、不断丰富、逐步完善的内部规律的作用，还有演员本身主观的因素和艺术创造

的成就等。从以下四个方面论述董湘崑京东大鼓流派产生的过程和特色。

（一）先仿后创

曲艺艺术讲究师承，先仿后创是所有流派创造的规律。但模仿只是创造的基础，不能代替创造。郑板桥说："十分学七要抛三，各有灵苗各自探。"荀子在《劝学》中说："青，取之于蓝而青于蓝；冰，水为之而寒于水。"胜利就在于创造，如果只停留在模仿上，就只能是某一流派的翻版，而不可能出现新的流派。

董湘崑唱京东大鼓起初是模仿刘文斌的唱法，如二十世纪六十年代上半期董湘崑的《刘三姐对歌》《一张车票》《改良刀具》《修房》等，而到了1965年演唱的新作品《白雪红心》成为董派创腔的雏形（90%已是董派新腔，还有部分刘腔）。1966年《读毛主席的书》应该是董派成功"小试牛刀"的标志性作品，到了二十世纪七十年代的《送女上大学》是董派完全成熟时期的作品。《送女上大学》成为轰动大江南北家喻户晓的时代精品，也是董派艺术形成的标志性代表作品。

刘文斌的唱腔带有说唱性，腔少字短，而董湘崑改革后的唱腔减少了半说半唱，加强了歌唱的连贯性。改造宝坻方音为普通话（部分保留）演唱。董湘崑和他的师姐王艳秋、弦师张书扬一起对京东大鼓的唱腔进行规范化管理，将京东大鼓划分为独立的基本段落，为每一段独立腔调定名，成为曲牌名称，使京东大鼓的唱腔由板腔体接近于联曲体，使调式相对固定下来，便于学唱普及。将原来半说半唱的形式，改成一个段子从头至尾"满宫满腔"地唱。这样一来，段子的整体性和感染力都相应地增强了。

他和弦师对京东大鼓的音乐进行大胆革新，精心编创了京东大鼓的前奏过门儿（编者注：过门儿指曲艺唱段或歌曲的前后、中间，由乐器单独演奏的部分，具有承前启后的作用），把刘文斌演唱时的传统小过门儿、《苏武牧羊》的曲调和其他音乐元素糅在一起，成为固定的、正式的前奏过门儿，并得到行内外的认可，一听到这个过门儿就知道是董湘崑改革后的新京东大鼓。在乐队方面，增加了伴奏乐器扬琴，后来还加进了大阮和二胡。

（二）吸收融化

流派的创造不能离开传统艺术，要敢于从其他流派以及姐妹艺术中广泛吸取营养，然后把这些新鲜血液注入自己的肌体，开始新的生命。

董湘崑自幼喜欢唱家乡的影戏、民歌小调、大鼓等。12岁时到天津一家私人印刷厂当学徒。老板娘爱听大鼓书，董湘崑就从"话匣子"里"偷偷"学艺，一来二去竟无师自通地学会了不少曲艺。1952 年开始在基层工会文工团以相声、曲艺剧、单弦、京东大鼓、清唱、河南坠子等形式进行演出。1954年拜刘文斌为师，专攻京东大鼓。《读毛主席的书》四开板用歌曲开头，《武家坡剜菜》里吸收化用评剧唱腔，《戏迷》中唱越剧《楼台会》，《五世同堂》里化用"苏武牧羊"等，还有影戏、二人转等音乐元素。吸收新元素是促使原有流派变革的重要条件，然而吸收之后，并不是简单地拼凑，而是要求融会贯通，形成一种新的曲调。董湘崑对其他音乐元素的吸收是化而不失本调的。最早破了一回规矩是在二十世纪六十年代，当时歌曲《毛主席的书我最爱读》很流行，几乎人人都会唱。

"我就把它原词不动，用京东大鼓的唱腔演唱出来。开始唱头四句就是按'规则'把原歌词装上京东大鼓的唱腔，结果不理想，而且也显得旧。弦师刘月循先生向我建议，他让我把前四句词儿还按原歌曲那么唱，唱到'深刻的道理我细心领会呀'这句时再转到京东大鼓的唱腔上来。试试？哎！一试不要紧，效果还真好。后来还在上海灌了唱片，作为精品保留了下来。有人问这是怎么回事呢？因为那首歌曲的曲作风格与京东大鼓非常相近，唱起来挺顺，很自然就融合在一起了，听起来不突兀，而且还有新鲜感，观众接受了。尤其是在歌曲与京东大鼓巧妙衔接自然过渡时，嘀，观众报以热烈掌声，要求返场再听一遍也不腻。这个例子说明什么呢？说明什么也不是绝对的，关键你得敢于实践，敢于不断走创新的路子。"[1]

（三）扬长补短

一个演员在禀赋才能和嗓音技巧方面总是有其长处，也有其短处的，流派创造者根据演唱内容的需要，结合个人条件，充分发挥其长处，而巧妙避开其短处，进而化拙为巧。刘文斌的唱腔朴直高亮，唱腔基本旋律徘徊在男高音区域，旋律起伏不大。虽然董湘崑的高音区音色很美，但是他的中音区、低音区的本嗓声音更加醇厚，他改变了之前使用刘文斌唱法造成比较趋前的发音位置，整体上降低了音调，发挥醇厚的本嗓音色，而在唱高音时显得更为柔美，也有人总结为"甜润软糯"，在唱低音时甚至唱出一种暗含沧桑感的沙哑的颤音，这样在高、中、低三个音区董湘崑都有丰富的表现。节奏上，他在刘文斌唱腔的基础上，放慢速度，丰富旋律，特别是拖腔的旋律，唱法上注意装饰音的运用，如结尾时往往翻高来唱，显得高亢激昂，气势磅礴。在拖腔时刘文斌是直接唱"啊"，而董湘崑在"啊"前面增加了"哪"的拐弯音符，唱起来更加华美俏皮，但同时增加了润腔的难度。

[1]董湘崑：《董湘崑京东大鼓文集》，中国文史出版社2007年版，第22页。

伴奏上因为增加了扬琴，固定了过门儿和间奏，减少了单纯三弦伴奏的随意性。他致力于短篇曲目的创作，形成董派独有的曲目。

（四）既自成一格又不断创新

2014年，习近平总书记在文艺工作座谈会讲话中引用了黄庭坚"随人作计终后人，自成一家始逼真"的诗句，指出文艺创作是观念和手段相结合、内容和形式相融合的深度创新，是各种艺术要素和技术要素的集成，是胸怀和创意的对接。要把创新精神贯穿文艺创作生产全过程，增强文艺原创能力。

法国大雕塑家罗丹从反面论述过这个问题："拙劣的艺术家永远戴别人的眼镜。"流派之所以成为流派，就是因为它有与众不同的个性。没有个性，就成不了流派。

流派的特色不是个别的、零碎的、偶然的，而是比较成熟的、比较定型的，有一定的体系性，包括唱腔旋律、前奏、过门儿、唱法、润腔特点、发声方法、表演特色以及特有的曲目体系。

流派是一个历史的范畴，它必须具有固定的特点，然而又有流动的一面。流派的形成是一个逐步积累、从量变到质变的过程，而成熟之后一方面要保持相对稳定的固有特征，另一方面又要继续丰富和发展，有一定的灵活性、可变性和可塑性，不能凝固和僵化。董湘崑以《送女上大学》为标志形成董派之后，没有止步，而是不断开拓着艺术的领域，他整理改编了大量的传统作品，如《武家坡斩菜》属于董派曲目中的经典，表现古代妇女哀怨缠绵的感情，塑造了王宝钏刚强反抗的性格，他的作品中也有《拆西厢》这样风趣幽默的传统段子。董湘崑新创作作品（包括与人合作）100多个，其中有《送女上大学》《白雪红心》等刚健明朗、有鲜明时代感的佳作精品，也有《让座》《长寿村》《节气歌》《别》《说怕》等脍炙人口、普及度很高的小段。其他如《珊珊作画》揭示离婚对子女的伤害，《星期天》《常回家看看》《木盆》等对家庭伦理"孝道"的思考，《五世同堂》反映享受天伦之乐的欢喜等，不论是哪种思想感情，都有与内容思想统一的形式，即唱腔的设计，以达到声情并茂的美学呈现。

流派是流动的、发展的，如果流派凝固成一种一成不变的死程式，那么它的生命力就有枯竭的危险。流派还在发展，艺术还在前进，这是时代的要求，人民的要求，也是京东大鼓艺术本身的发展使然。

董湘崑是德艺双馨的艺术大师、时代楷模、京东宗师，他功劳卓著，创立董派艺术，使京东大鼓出现了大辉煌、大格局、大发展。今天我们研讨他的艺术成就，是为了京东大鼓更好地传承发展。我的发言抛砖引玉，想法有不成熟之处，也有浅陋粗疏之处，希望大家指正。

（2021年6月14日在天津市宝坻区京东大鼓艺术研讨会上的发言）

试论京东大鼓《武家坡剜菜》的经典化过程

南开大学文学院　　鲍震培

　　京东大鼓是起源于清代乾隆年间河北民间小调、流行于京东八县带有浓郁乡土气息的鼓曲形式，起初名称不定，曾被称为京东怯大鼓、乐亭调、乐亭大鼓、平谷调、平谷调大鼓等。二十世纪以来出现于七（名不可考）、王宪章、齐文洲、魏文然等知名艺人，影响逐渐扩大到唐山、东北等地。二十世纪三十年代宝坻县人刘文斌在天津电台演出，定名为京东大鼓。二十世纪五十年代天津工人曲艺家董湘崑改用普通话演唱京东大鼓，古韵新声，影响日隆。而三河县人陈怀德等成为京东大鼓农村派的代表。在董湘崑等人的不懈努力下，二十世纪六十至七十年代，京东大鼓音乐出现了高峰期，其影响也遍及全国各地。京东大鼓的旋律优美动听，唱词通俗易懂，2006 年被列入国家级第一批非物质文化遗产保护名录。如今，在党的大力传承传统文化的政策指引下，传统曲艺受到重视，京东大鼓爱好者票房及演出出现了兴旺的景象。

刘文斌和董湘崑是京东大鼓发展历史上的两座高峰。刘文斌（1891—1967），原名刘存有，对京东大鼓大胆改革，把上场词抹去，改为"表的是"，开板即唱。后来这三个字成了众所周知的标志。他尽量简化唱词，减少冗长的语句，在句尾处加拖腔，创造了"十三咳"的特色唱腔。他的嗓音粗犷苍劲，表演纯朴平实，叙述清楚、字字入耳、通俗易懂。他借鉴京剧的背工音（头腔共鸣兼脑后音），唱出来有股独特的"坛子味儿"，含蓄浑厚。他一生创作了100多段曲目，他在书场演出，可以每天两段说一个月不重复，而且擅长说长篇大书《刘公案》《呼家将》《响马传》等。他的演唱有个特点，很多曲艺迷都知道，刘文斌的演唱没有固定板式，他说："都说我唱得没板，我这玩意还就是没板。"其实他手里打的鸳鸯板是在板上的，但有的句子张嘴的地方和板配合不上，有时候全靠李景山托腔保调。李景山是刻苦磨炼"惊人艺"的优秀琴师，他的三弦弹奏快、稳、准、活，最擅长跪弦弹奏"学舌"绝活。

董湘崑（1927—2013）也是宝坻出生，十几岁到天津一家印刷厂做学徒，1954年春参加天津市文艺会演获得一等奖后，拜刘文斌为师，成为刘文斌最重要的传人。他嗓音宽厚，发音甜润，他的演唱朴实真挚，刚健稳重，吐字归音清晰，讲究字正腔圆，演唱技巧细腻，赶板、闪眼、垛字、落字、窍口灵活多变。他又对唱腔进行了改革，规范了曲牌和唱腔，使京东大鼓有了能够用于教学的固定教材。二十世纪七十年代，在传统的三弦伴奏基础上，他创造性地加入了扬琴，很大程度上弥补了三弦伴奏的不足。董湘崑提倡说新唱新，他创作了很多反映社会生活的鼓词，如《送女上大学》《让座》《木盆》等都脍炙人口，成为爱好者久唱不衰的名段。

日前在京东大鼓最爱听和最爱唱曲目的网络评选中，传统唱段部分以董湘崑演唱的《武家坡剜菜》位居榜首。《武家坡》是刘文斌创作的京东大鼓移植曲目，包括《三击掌》《夫妻相见》等多个曲段，但最流行、最精彩的则是《剜菜捎书》，于1958年在天津人民广播电台，由李景山先生伴奏，留下了这段曲目的珍贵录音。故事来源于京剧《红鬃烈马》，王宝钏寒窑十八年挖野菜充饥，路上拾一枚老铜钱却缺少半边，引起王宝钏对自身命运的感慨，她一边剜菜，一边向天上的雁群说出心中的诉求，一只大雁落到身旁，她咬破中指，写下血书，让大雁给薛平贵捎去书信，盼望他早点回家。

董湘崑版《武家坡剜菜》保留了他师父刘文斌原作的前面部分，去掉了"大雁捎书"的情节，增添了老夫人让人武家坡剜菜送来钱和米的情节，王宝钏深感母女之情的温暖，正想收下，但想起当初和爹爹三击掌时发的誓言，决定不和家庭妥协，勒紧裤带在寒窑坚持下去。这样的改编非常符合王宝钏这个人物的刚烈性格，给这个命运凄苦的妇女形象平添了敢于抗争的豪气，结尾部分借宝钏之口强烈地抨击了王父的嫌贫爱富，表现了王宝钏坚毅刚烈的性格和忠于爱情的传统美德。

作品立意方面，可以比较一下两位老师唱的开场板，刘文斌唱的开场板是："表的是，闲言不表开正篇，王三姐在寒窑受苦十八年，清晨早起没吃饭哪，武家坡前去把菜剜。"董湘崑唱的是："寒来暑往又是一年，表一表刚强的王宝钏。相府的楼阁她不爱住啊，在破瓦寒窑受熬煎哪啊。"这两个四开板都点明了故事背景，在立意上无疑后者更胜一筹，头两句点明王宝钏身上具有的"刚强"性格，后两句以"相府楼阁"和"破瓦寒窑"形成鲜明对比，引起人们了解武家坡故事悬念的欲望和对王宝钏命运的同情。最后一句中，"熬煎"这两个字的咬字比较难掌握，尤其是"熬"字，不但要重音重唱，而且还要带装饰音，最见唱者的功力，很少有人能达到董湘崑那样清晰真切又圆润自然的演唱水准。若轻描淡写地滑过去，便不能表现此处的感情色彩，也就淡化了味道。

董湘崑的《武家坡剜菜》在四开板后面用金钩调、双柔调、

拉腔、上音下合等唱腔，转换为人物的视角，铺垫了王宝钏对
丈夫薛平贵一去不回的埋怨、惦念、担心、期盼等心理活动，
"轻轻就把窑门掩"的四句话，反映了王宝钏温柔淑婉的性格
和内心热切的期待。"绾了绾""别了别""抻了抻""掸了
掸"四句描绘王宝钏整理妆容，表现她虽然生活困窘，但依然
保持普通人家妇女朴素干净的美。后面紧跟着京东大鼓的经典
唱腔"十三咳""不是我宝钏老来俏儿哎哎，怕丈夫回来呀跟
我笑谈哪哎"，与"十三咳"一般用于表现比较悲伤的感情不
同，这句却是欢快的调子，董湘崑演唱时"俏"字加了儿化音，
而且用笑的声音和表情来唱"笑"，使这一经典唱腔呈现明快
而亮丽的色泽，表现了王宝钏虽然生活困顿却依然内心充满阳
光，眼前浮现出夫妻团圆欢声笑语的美好景象。

　　王宝钏满怀希望地走在路上，突然看见一枚老铜钱，捡起
钱来待要收起时，却发现缺了半边，她马上联想自己的境遇和
老钱一样，心情跌入谷底。这时音乐戛然而止，道一句念白：
"那王宝钏手拿着老钱，眼望着苍天"，半说半唱："可就难
过起来了啊哎……"后面的大悲调（也叫大反腔）是董湘崑借
鉴了传统曲目中的唱腔精华，改编而成："好一位王氏宝钏哎，
只见她呀，手拿着老钱、想起了往事、心里难过，二目之中，
止不住地眯得儿嘛得儿、嘛得儿眯得儿，滴滴点点、点点滴滴

哎，湿透了衣衫哎，我说亲人哪。"从"只见她呀"转为第一人称叙述王宝钏的内心感受，闪着板唱，垛字句，叠音词，节奏感极强，两个拖腔婉转跌宕，极富韵味，董湘崑的演唱真挚动情，甚至几次运用哭腔气声唱法，如泣如诉，催人泪下。

后面接着唱她的心里憋屈无处诉说的孤苦情绪，气恨这枚老钱勾起烦恼心事，扔了老钱以后继续剜野菜，吃野菜时又发现"半截苦来半截又甜"，由此断定"半截甜的是薛平贵（你不管我），半截苦的是我王宝钏"，此处又是一个长的拖腔后幽幽地结束。这段大悲调表现王宝钏的内心悲苦，感情既深沉又悱恻，表现了王宝钏这个刚强的女子，在旧社会观念和生活的双重压力下，虽然外表看来从容淡定，她毕竟是大家闺秀，但内心也有着软弱无力的一面，于无人处悲伤地哭泣。董湘崑增加了刘文斌原作中没有的说白和大悲调，加重了抒情的成分，以情带声，以声唱情，使唱者和听众的感情体验达到高潮。

随着故事情节的发展，老院公和丫鬟送来钱和米，王宝钏内心出现了波澜，母爱使她在困苦生活中看到了一丝希望，但是回忆起了当年与父亲闹翻，她的希望再一次破灭，是父亲的势利眼和嫌贫爱富的观念让她与家庭彻底决裂，她坚守当年三击掌时的誓言——"饿死不吃相府的饭，冻死不穿相府的棉。渴死不喝相府的水，穷死不花相府的钱哪啊"——拒绝了相府的钱、米。这一段的音乐主要是流水的快板，节奏鲜明、铿锵有力，与王宝钏的决绝言行和谐统一，再一次表现了王宝钏性格的刚强不屈和爱憎分明。

京东大鼓《武家坡剜菜》整个情节发展非常合理和完整，从不同的角度刻画表现王宝钏，使这一形象有血有肉，如在耳边，如在目前，给人难以忘怀的印象。欣赏董湘崑声情并茂的演唱是一种美的享受。文学性、音乐性、表演性都臻于完美，毫无瑕疵，不愧为京东大鼓传统曲目的经典名篇，百唱不厌，久唱不衰。

浅议《妲己》鼓词、评书、故事、小说话本创作

张罗义

翻阅流传下来的京东大鼓、山东大鼓、东北大鼓、西河大鼓、乐亭大鼓和评书、故事、小说等历史题材话本（脚本），发现有一大批作者为了政治需求和自己的目的，竟不惜违心地中伤原始主人公，制造"冤案假象"，加以渲染，改编成更加离奇、古怪、浑浊、不堪入目的话本（脚本），吸引眼球，结果害原主人公遗臭万年。本文以《妲己》话本（脚本）为例，提醒广大鼓曲和评书、故事、小说等历史题材的作者手下留情，引以为戒。不然，真的会让故事主人公下不了台。

在商末《妲己》的故事中，"商容撞死龙盘柱""比干谏而死"等事件，都是对妲己的中伤。坊间流传佞臣费仲讨好纣王，献媚举荐："大王，这冀州（河北）侯苏护家里，有个千金名叫妲己，长得貌美如花、国色天香，知书达理，人见人

106

爱。王上应该下旨，召她进宫侍候，不来真的好可惜啊！"纣王闻听大喜，立即传旨苏护献女来朝。

后来周灭了商，周就要贬商。于是就有人嚷出了妲己入宫、迷惑纣王、残害忠良、颠覆政权、毁灭王朝的一系列离奇故事。以致后来的正史典籍、稗官野史和民间流传的故事、传说、说唱话本（脚本）中，妲己变成了一个蛇蝎美人、千古淫恶的罪魁祸首。这种论调传来传去地演绎着，如今已经家喻户晓，深植人心。

历史上，妲己真的那么坏吗？显然不是。例如纣王最著名的"酒池肉林""炮烙"传说，周朝的文献没有记载，春秋时期也没有人提及，传言中纣王的罪状只限于"比干谏而死"。后来，子贡有点看不过去，为纣王鸣不平："纣之不善，不如是之甚也！是以君子恶居下流，天下之恶皆归焉。"

战国时期就不一样了，有的人撰写文章、说唱话本（脚本），为了把比干的死法表现得更加生动，屈原首先提出比干是投水淹死的，吕不韦的门客则说比干是剖心而死，韩非子为了推销个人主张，只顾激扬文字，强词夺理，在"酒池肉林"的基础上加了"男女裸奔其间"的想象。

到了汉朝司马迁写《史记》时，已经有了更生动的演绎，说纣王剖开比干的心是为了满足妲己的好奇心，想看看"圣人"

的心是不是七窍，与凡人有什么不同。

晋朝，皇甫谧因为职业是医生，写文史文章的时候，不免犯了职业病，又演变为纣王在妲己的怂恿下，捅开怀孕妇女的肚子，要看看胎儿的形状……以至于后世书生则根据个人的喜恶，在文章、故事、说唱话本（脚本）中纷纷加工，以讹传讹，其谬岂不大哉？

明代许仲琳所著《封神演义》小说话本（脚本），以及此时改编的故事、说唱话本（脚本），更是越写越离谱，不但将故事神化，还描写为"妲己奉女娲娘娘旨意，惩罚无道昏君纣王"。既然是正义之举，为何又将她刻画得如此毒辣透顶、万人唾弃、不可饶恕呢？《广宗县志》云："广宗全境地势平衍，土壤概系沙质，到处堆积成丘，故名沙丘，商代时这里便建有离宫别馆。"《史记》载商纣王在沙丘大兴土木，增建苑台，放置各种鸟兽，还设酒池肉林，"以酒为池，悬肉为林"，使男女裸体追逐游戏，狂歌滥饮，通宵达旦，其荒淫奢侈程度骇人听闻。将商纣王的暴行和妲己的狐媚描写为引起其他诸侯反抗的主要原因；甚至写到周武王率兵打到朝歌时，纣王的军队竟然倒戈相助，纣王是如何不得人心，最终命人把珍宝搬出来放在自己身边，然后用绫罗缠身，跳进火堆自焚而死，导致了商王朝的灭亡。

在当代曲艺的京东大鼓、西河大鼓、乐亭大鼓、山东大鼓、东北大鼓和评书、故事、小说等历史题材话本（脚本）中，甚至有的作者、演员也对商纣王和妲己恨得牙痒，恨不得将他俩车裂，捣成肉泥生啖……这都是不应该的。毛泽东同志曾说："把纣王、秦始皇、曹操看作坏人是错误的，其实纣王是个很有本事、能文能武的人。他经营东南，把东夷和中原统一巩固起来，在历史上是有功的。"

所以我认为，在当代曲艺作者创作京东大鼓、西河大鼓、乐亭大鼓、山东大鼓、东北大鼓和评书、故事、小说等话本（脚本）时，一定要注意这个现象。

希望广大曲艺作者在创作京东大鼓、西河大鼓、乐亭大鼓、山东大鼓、东北大鼓和评书、故事、小说等历史题材话本（脚本）时，一定要去伪存真，不然被冤枉者很可能永远也翻不了身，比如冀州（河北）的妲己姑娘，实在是太惨了！

（作者为河北省文联《河北文艺界》原主编、河北省名人艺术学会驻会副主席兼秘书长、《东方名人艺术》主编、《河北曲艺》主编）

一点回忆

陈连升

2000年，冯巩、郭冬临在中央电视台春节联欢晚会上，合说了一段相声《旧曲新歌》。其中，歌颂女足那段用的是京东大鼓《送女上大学》的曲调。观众一听特别亲切，都知道是京东大鼓表演艺术家董湘崑精心设计并演唱的脍炙人口的保留曲调。而我更是熟悉不过了，1973年董湘崑随着天津市第一轻工业局文艺宣传队进京演出，这个节目恰恰是我录音播出的。

由寇庚儒、董湘崑创作的这段曲目，曾反复加工了十几遍。唱腔上特别讲究，几乎把适合情节的曲调全派上了用场，唱词也写得通俗易懂，朗朗上口，尤其董湘崑的演唱，韵味十足，悦耳动听。中央台一播，节目大火，出现了罕见的京东大鼓"热"。当时不少人跟着录音学唱，有的专业团体派青年演员专门去天津拜师学艺。与此同时，北京的空政文工团、工程兵文工团，还有天津市曲艺团、黑龙江省曲艺团、吉林省曲艺团、沈阳市曲艺团、河北省曲艺团，还有不少县级曲艺团都相继出现了唱京东大鼓的专业演员。在东北，它的影响超过了原先流传的东北大鼓和西河大鼓。连著名曲艺家刘兰芳也一度改唱京东大鼓。可以说，《送女上大学》是二十世纪七十年代初的一个标志性节目，它把京东大鼓推向了一个高峰，作品也保留着那个时代鲜明的烙印。

我因为录制播出《送女上大学》与京东大鼓结缘，几十年来一直同京东大鼓界保持着紧密的联系，董湘崑的许多弟子都成了我的朋友。

京东大鼓传承之我见

高　利

　　京东大鼓属河北曲种，是我国的非物质文化遗产之一，是流传在我国北方的一种很有影响力的说唱艺术形式。它是在民间小调的基础上，结合当地的语言音调逐步发展而成的。京东大鼓的传统书目有长篇《杨家将演义》《呼家将》等和短段《杨八姐游春》《大西厢》等，新编书目有《刘胡兰》《小二姐结婚》等。京东大鼓属于比较受群众欢迎的中国曲艺鼓曲。2000年，京东大鼓上了中央电视台的春节晚会，虽以相声的形式用京东大鼓找包袱，但影响极大，已传遍华夏甚至海外。京东大鼓语言通俗易懂，很受人们的喜爱，不管老少，全都爱听，高兴之余，多数人还能自娱自乐哼上几句，是一种具有很大发展前景的曲种。

一、京东大鼓的艺术形式

京东大鼓在演唱时使用的伴奏乐器有三弦一把、书鼓一面、月牙板一副（铁制或铜制，又叫鸳鸯板）。这些乐器比起其他演唱形式来说，简单得很。但这些简单的乐器却有妙用，是其他乐器所不能代替的。

一面书鼓（图1）、一副梨花片（图2）合称为鼓板。它是打击乐器，在大鼓俗曲的演唱中，它和三弦、四胡等都是伴奏乐器。所不同的，三弦与四胡是由伴奏者操奏，而鼓板是由演唱者自己操奏，因此鼓板担负起了把演唱者的唱腔和伴奏音乐协调统一起来的使命。它相当于一个乐队指挥。演唱者离开鼓板，就将无所适从，对于这一点，从以下三个方面说明。1.鼓板是伴奏的指挥。2.鼓板在伴奏中能够掌握节奏和速度。3.鼓板在伴奏中能够调动板式和腔调的转换。

（图1）　　　　　（图2）

三弦（图3）在京东大鼓的演唱中，起着非常重要的辅助作用，它和京东大鼓的关系就好像人体和衣服的关系。假使离开伴奏乐器的烘托，京东大鼓的演唱效果会大打折扣，再好的演唱家也会黯然失色。京东大鼓的腔调是丰富多彩的，但它离开三弦的烘托，也不能尽善尽美地表达书词的丰富感情。这就需要三弦发挥它的辅助功能，以音响来烘托腔调的不足，从而达到水火既济的效果。

（图3）

二、 现存的问题

京东大鼓从起源发展至今，繁盛过，也衰落过。近些年来随着经济的迅速发展以及群众文化生活的多样化，京东大鼓也受到了不小的冲击。目前京东大鼓在廊坊地区也在发展中，调查研究发现，在一些方面还是存在问题的，这些问题集中表现如下。

1. 京东大鼓剧种的传承创新发展问题

电影、电视、多媒体、游戏、体育、歌舞等娱乐形式如雨后春笋般发展，让人眼花缭乱，甚至连电影那样的强势娱乐文化都有一种"门前冷落车马稀"的感觉，何况京东大鼓这种质朴的鼓曲艺术。京东大鼓的保护主要依靠传承人高水平、原汁原味的传承，针对这种情况，传统的京东大鼓在这样不利的环境中，如果不创新，很难再传承发展下去。京东大鼓需要对其剧种进行开发、改革、创新，这方面的任务可能较其他曲种更为紧迫。

2. 京东大鼓的传承人问题

在廊坊，京东大鼓的传人相较于其他剧种来说一直不是很多，一度似乎是一脉单传，让人为之担忧。现在经过各级领导的重视和老艺术家的努力，情况有所改变，但较兄弟曲种仍显薄弱。传承人应从小培养，但是现代的年轻人，对于这种质朴的鼓曲，很少接触，静下心来听上一听都是很不容易的，更别提学着唱了，所以就出现了上面所说的传承断层的问题。直接提起京东大鼓，很多人不知道是什么，都没有听过，但是如果说是某年春节晚会上冯巩和郭冬临的小品里那段经典的"火红的太阳刚出山……"，大家又连忙点头，连小孩子都说听过听过，都很诧异，这么好听经典的曲调竟是我们廊坊的本土文化。

3. 京东大鼓伴奏的问题

我们已经讲过京东大鼓的鼓板和三弦在表演过程中起到的非一般的作用。目前学习音乐专业的人数比重本就不大，这些学音乐的人中，大多数选择学习西洋乐，学民乐的相对较少。这样的比例显示出廊坊在京东大鼓伴奏这方面是有所欠缺的。在京东大鼓的演唱中，脱离了鼓板和三弦，大鼓的节奏和演唱就很难让人提起兴致。所以，大鼓的伴奏问题也使许多想学想唱的鼓迷最后放弃了。流失了一部分热爱京东大鼓的演员和观众。

4. 京东大鼓的市场问题

现如今廊坊市的娱乐文化事业做得越来越好，市民的生活变得丰富多彩起来，人们的业余兴趣选择面更广。这给相对传统的京东大鼓的听众市场带来了不小的冲击。根据调查显示，廊坊市很多京东大鼓的听众年龄都在三四十岁以上，年轻听众较少。年轻人是新的生命力，拥有很强的活力，京东大鼓应该抓住这一市场，对其传承和发展有着不可估量的作用。且京东大鼓在农村市场也是相对比较薄弱的，不能把握好农村市场，很不利于京东大鼓在廊坊的发展。京东大鼓现已列为非物质文化遗产，非物质文化遗产保护的目的是让所保护项目融入百姓生活，百姓是水，保护项目是鱼，离开水的鱼不能存活。

三、京东大鼓传承之我见

（一）政府要重视

廊坊地区作为京东大鼓重要的发源、发展地之一，政府部门要加大宣传力度，使用创新的传播手段，把它打造为廊坊地区的代表文化。非物质文化遗产保护是一项非常伟大的工作，目的是让所保护的项目融入百姓的生活中。定期上演京东大鼓的精彩节目，让京东大鼓走进百姓生活。

政府部门出资办学，多多培养演唱、伴奏、创作传人。在群艺馆及中小学等设置专门的京东大鼓兴趣班。在培养传承人的同时，首先要保护代表性传承人。代表性传承人是大鼓在廊坊地区传承的重要保障。与此同时，要采取多种办法培养曲艺新秀，以合理的人才梯队维持曲艺的鲜活艺术生命，培养大量的学生。传统的大鼓传承都是一对一的教唱，所以对于条件适合而又有志于京东大鼓的新人，是应给予更多关心和培养的。不仅要培养演唱者，还要培养伴奏者。

京东大鼓可以与市电视台、广播台合作，专访老传人，拍摄京东大鼓的纪录片等，通过电视媒体和广播等手段，定期播放，不断加深人们的印象。政府的宣传部门出资组织一些关于京东大鼓的擂台赛。组织的比赛应遍及全市，不仅在市区，更要深入下面的乡镇，乡镇人口比重大，更是京东大鼓不可或缺的一大市场。调动大众的积极性，给人们更多的渠道认识和熟知这种鼓曲文化。艺术本身就源于生活，而京东大鼓也是发源于乡村一带，这样可以使人们更加了解鼓曲。

政府应当将京东大鼓与当地的旅游业相结合。京东大鼓作为当地的特色文化，演绎人们的生活风采，京东大鼓作为旅游的特色表演，不仅能很好地带动本市的旅游业，也能让更多的人来了解、喜欢京东大鼓。

（二）京东大鼓自身的与时俱进

我们要创作反映当代人民生活的曲目，要顺应社会的发展和人们审美情趣的变化。同时，要坚持批判、辩证地继承和发扬优秀的曲艺元素，不合时宜的要果断抛弃。曲艺最大的特点就是反映现实生活，体现人文关怀，这是曲艺的本质和曲艺艺术家的使命。曲艺工作者和传承人应该体验廊坊的群众生活，积累创作素材，反映群众的丰富情感和生活诉求。创作出更多创新的艺术作品，反映廊坊生活，唱响廊坊生活。

京东大鼓的伴奏，对于京东大鼓的传承十分重要。廊坊不乏有很多热爱大鼓的朋友，有爱听的，也有爱唱的。但是每每想唱上一段的时候都苦于没有伴奏，因为这种鼓曲的伴奏多数为现场现唱现伴的，这对很多爱好京东大鼓的人来说是一件苦恼的事。所以，京东大鼓如果能将三弦、扬琴、琵琶等乐器都加入伴奏中，录制成伴奏带、MV 等，就可以方便让喜欢京东大鼓的人在 KTV 或放到 MP3 中随时随地想唱就唱，观众和演员自然就会多起来。

演员应提高自身素质。表演者首先要按照专业演员的标准要求自己，注意台风和打扮，在表演的时候，应当以表演京东大鼓这一曲种为荣，应从内心希望把这种艺术文化在廊坊地区更好地传播，让更多的人喜欢。

浅析京东大鼓的产生、发展及艺术特色

胡芳芳

摘要: 京东大鼓作为中国曲艺文化瑰宝,于 2006 年 5 月正式被列入第一批国家级非物质文化遗产名录,成为我国重要的曲艺类"非物质文化遗产"之一。京东大鼓发源于北京以东三河、香河、宝坻一带,是由当地民间小调、"地头调"结合地方语音语调发展而成的一种传统说唱艺术。京东大鼓唱腔优美,唱词雅俗共赏,是一种北方地区百姓喜闻乐见的传统曲艺形式,群众基础深厚。京东大鼓作为重要的非物质文化遗产财富,其研究对于维护我国文化多样性,提高群众文化自觉,弘扬中华民族传统文化,展现传统优秀价值观念等具有重要意义。本文将通过文献梳理、田野调查、京东大鼓传承人访谈等形式,重点探索京东大鼓的历史源流、流派传承及整体艺术特色。

关键词: 历史源流;流派传承;艺术特色

一、 京东大鼓的历史源流

京东大鼓作为传统曲种，起源于木板大鼓，其表现形式"最初为木板击节，后改为铁片、铜板。演唱者右手击书鼓，左手击板站立演唱；弦师弹大三弦伴奏。后又加入扬琴伴奏。三弦伴奏及三弦加扬琴伴奏两种形式并存。唱腔为板腔体，常用板式有头板、二板、快板和锁板"。京东大鼓作为一种深受群众欢迎的鼓曲，在刘文斌和董湘崑的带领下曾经风靡全国，但二十世纪八九十年代逐渐衰落，目前，又出现了不同程度的复苏。

（一）京东大鼓的定名

京东大鼓最初产生于北京以东三河、香河、宝坻一带的农村，作为一种百姓喜闻乐见的艺术形式，其影响范围逐渐扩大，"成为流行河北北部承德、廊坊、张家口、保定、沧州及唐山部分县份，甚至京津大埠和东北地区的大曲种，其别名也逐渐多起来"。由于流传区域较广，且没有统一的名称，京东大鼓在流传过程中出现了平谷调、平谷调大鼓、乐亭调、乐亭大鼓、乐亭腔、四平调大鼓、铁片大鼓、弦子大鼓、五音大鼓、京东怯大鼓（"怯"指用京东地方方言演唱）等众多别称。关于京东大鼓定名，一说是1933年，于景元在天津仁昌电台演播《石兰传》时，将京东怯大鼓去掉"怯"字，改称为"京东大鼓"；

一说是1935年，刘文斌在电台进行演出时正式定名。由此可知，京东大鼓名称的由来最早可追溯到二十世纪三十年代初。

（二）京东大鼓的源流

在我国，鼓曲艺术种类繁多，其中，最具代表性的就是大鼓。鼓曲艺术流传于平原地区，有其天然的地理优势。华北平原是我国鼓曲艺术最为繁盛的地区，而大鼓的声音恰是平原地区百姓生活的调味剂。"华北沃土，平原辽阔，视野坦荡，但行走之时，风景相类，不免有单调之感，唯闻鼓声突兀打远，犹如山峰耸起，平地惊雷声。"不论表演的好坏与内容，在沃野千里的平原上久久回荡着鼓声，单凭这一点，大鼓就能为百姓的生活拂去单调，增添色彩。

据现有文献记载，京东大鼓最早产生于清乾隆年间，但是，在京东大鼓的起源上，京东大鼓传人多认为它产生于东周四相教化百姓，并将其分为"梅门"和"青门"两个派别。据传说，东周时期，"庄王姬佗为了教化臣民，遂令手下四相梅子清、青云峰、赵恒利、胡鹏飞领鼓出朝，借讲故事的形式劝化臣民百姓人人学善。三年收下三千六百劝善士，始分四门"，即"梅、青、胡、赵"四门。"胡""赵"两门早已消亡，"梅""青"两门传承至今，梅子清、青云峰被尊为京东大鼓远祖。据艺人祖谱及口碑资料记载，清乾隆年间，"青门"木板大鼓艺人李文通吸收了京东广为流传的民歌小调,丰富了木板大鼓的唱腔,增加了京东乡音,从而塑造了京东大鼓的雏形,他改革后的木板大鼓后被称为"京东怯大鼓",因此,李文通被尊称为京东大鼓近祖。

明末清初,在木板击节的基础上,各地大鼓陆续形成,曾经风靡一时的木板大鼓就是利用木板进行击节演唱的,京东大鼓则在木板大鼓的基础上发展演变而成。随着大鼓的不断发展,三弦等弦乐也逐渐加入,使得大鼓艺术形式更加完备。"在大鼓发展史上,从只用鼓板来掌握节拍到增益弦乐,是各种大鼓在发展过程中增强音乐性、提高艺术表现力的一个标志。"从单一的鼓板到增益弦乐,是鼓曲发展的重要阶段。梅门最初只用鼓点击节,青门只用三弦伴奏,清乾隆十四年(1749),梅、青两门艺人在北京金钟寺集会,相互切磋技艺,交换弦鼓,此举对后世鼓曲尤其是京东大鼓的发展起到了不可估量的作用。"据《中国书词概述》记载:'乡下小调,经过改革以后,遂加上鼓板,变为说而兼唱,成为书词中的正式一派,故风行各县,号称京东大鼓(其实应该是京东怯大鼓)。'"所以,京东大鼓应该是梅、青两门共同创造的。

二、京东大鼓的流派传承

京东大鼓产生和发展过程中，产生了诸多代表性人物。李文通之后，又有张柏奎、曹占奎、李振奎、崔登奎和邓殿奎五位著名艺人，世称"青门五奎"，其中以邓殿奎最为有名。五奎稍后，有"梅门五龙"活跃于鼓曲界，分别是王龙生、张龙海、刘龙德、蔡龙兴、唐龙祥五位，据说"五龙"中有人绝板（艺人没有再传弟子，后继无人），由邓殿奎弟子过继，因此，素有"梅青不分"的说法。

邓殿奎首传得意弟子陈连登，陈连登又传弟子邹永山，邹永山又传于七（名不可考）、于九（于宝庆）两兄弟，经过几代人的努力，京东大鼓在唱腔和鼓词方面都趋于成熟，于七在原有基础上对京东大鼓做了全面的改革。于七作为传统文人，文化修养很高，那个时代大部分京东大鼓书目都经过了他的整理和加工，同时，他又把很多历史小说改成了说唱文本，并改用钢板伴奏。于七的出现，让京东大鼓更加摇曳多姿。之后，京东大鼓在梅门王宪章的努力下蜚声关外，在东三省颇负盛名，形成了"南于七，北宪章"的局面，京东大鼓出现了于派和王派两个派别。于派风靡京津，王派誉满关东，于派在城市以诙谐淡雅著称，王派凭火爆味浓在农村立足。

于景元为于七和于九的传人，他借鉴京剧、评剧唱腔，对京东大鼓的原有唱腔进行修饰，此举对后世影响颇深。继于景元之后，被誉为京东大鼓"三杆大旗"的刘文斌（原名刘存有，宝坻人）、齐文洲（原名齐玉斋，宝坻人）、魏文然（原名魏西庚，宝坻人）唱红了津门，他们为梅门"文"字辈师兄弟。"1930年以后，京东大鼓行当基本上形成了两支队伍。一支以刘文斌、齐文洲为代表，活动于城市。另一支以魏文然、陈怀德为代表，活动于农村"，陈怀德为于派弟子，经常与魏文然切磋，时人称之为"陈派"和"魏派"，二十世纪上半叶京东大鼓演唱者多宗这两派，且"魏派"更为流行。

刘文斌（1891—1967）开启了京东大鼓的崭新局面。刘文斌长篇大书擅长《刘公案》《小八义》《包公案》，短篇擅长《武家坡》《拆西厢》《王二姐思夫》等。他用"宝坻地区方言演唱平谷调，并融入了京东一带的民歌小曲，又吸收了一些地方方言，有选择地保留了一些乡音和'怯'字，很大程度上丰富了京东大鼓的曲调，固定了特有的唱腔板式"。刘文斌的演唱带有浓浓的乡土气息，使京东大鼓地方韵味十足。他的嗓音沙哑，人们也将他的演唱称为"坛子大鼓"。他的演唱以"十三咳"见长，演唱亲切朴实，通俗幽默，吐字清晰，受到广大市民阶层的欢迎，每逢电台中播放他的唱段，大街小巷为之一空，也因此被送绰号"净街刘"。不过，与弟子董湘崑相比，刘文斌演唱时的行腔板眼都不甚考究，所唱鼓词也略显粗糙。

董湘崑（1927—2013），原名董庆永，作为刘文斌的弟子，将京东大鼓又推向了一个高峰。董湘崑自幼家贫，12 岁时便在天津的印刷厂内做学徒，得益于老板娘喜欢听京东大鼓长书，他在十六七岁时便能哼唱一些段子了。新中国成立后，董湘崑积极参加基层工会组织的宣传队，并进入夜校学习文化知识。后来，他所在的印刷行业成立工人业余文工团，董湘崑成为业务骨干，并在演出中连连获奖。1953 年后，董湘崑有了专门的伴奏搭档，开始侧重演唱京东大鼓。他的演唱才能很快被刘文斌发现，于 1954 年，正式拜到刘文斌门下。董湘崑嗓音宽厚，发音甜润，吐字归音清晰，讲究字正腔圆，充满了乡土味，对赶板、闪眼、垛字、落字、窍口则讲究灵活多变。他的演唱情感真挚、朴实，风格刚健沉稳，将京东大鼓淳朴、豪放、健康爽朗、抑扬顿挫的艺术特色展现得淋漓尽致。为了使京东大鼓能够更好地反映现实生活，他在继承刘文斌唱法的基础上注重创新，不仅对唱腔进行了丰富，还通过规范曲牌和唱腔使京东大鼓有了能够用于教学的固定教材。董湘崑还注重在伴奏上进行创新，二十世纪七十年代，在传统三弦伴奏的基础上，他创造性地加入了扬琴，很大程度上弥补了三弦伴奏的不足。为了使京东大鼓能够更好地发展、传播，他提倡使用京音演唱京东大鼓，并身体力行。董湘崑提倡说新唱新，他创作了很多反映社会生活的鼓词，例如《木盆》《劝人方》等，时至今日，依然能引起人们的共鸣。京东大鼓在董湘崑的改革下，重新唱红大江南北。京东大鼓在 2006 年被列入首批国家级非物质文化遗产名录后，董湘崑也因其突出贡献，被评为首位国家级非遗（京东大鼓）项目代表性传承人。董湘崑培养了很多优秀的京东大鼓人才，正式收徒 65 人，其中，倪万珠、崔继昌于 2018 年 5 月入选第五批国家级非物质文化遗产项目京东大鼓代表性传承人。

在京东大鼓的发展过程中，还涌现出了很多优秀艺人。如陈怀德（1911—？），原名陈善术，三河市著名民间艺人，与刘文斌同时代，是京东大鼓农村派代表人物。1932 年拜"青门"鼓曲艺人张柏奎为师，从艺数十年，以巧唱、俏唱著称，人称"陈派"。他演唱曲目众多，擅长长书、短篇及曲目创作，因其行腔吐字和气韵身段极佳，受到了群众的极大称赞。沈少明（1927—1993），三河市高楼镇兴隆庄人，先天双目失明。九岁时拜三河市孤山西村张立全为师，学习大鼓和三弦，他苦心孤诣钻研三弦、擂琴演奏，刻苦练习大鼓演唱，其擂琴演奏技巧娴熟，功底深厚，民族风格浓郁，受到时人追捧。康福元（1922—？），三河地区著名京东大鼓艺人，自幼酷爱民间说唱艺术，演唱曲目长短兼修。21 岁时拜曲艺名家侯五德为师，学习鼓曲，坐科三年出师。他曾在北京天桥与沈少明搭档演出，回乡后在农村演出。其嗓音高亢洪亮，演唱京东大鼓字正腔圆，韵味十足，显示出了深厚的艺术造诣。他的演唱风格风趣幽默，诙谐动人，乡土气息浓厚。在演出中，他经常即兴现挂（指演员根据演出的实际情况现场进行即兴发挥），因此也被观众誉为"康现抓"。

三、京东大鼓的艺术特色

大鼓作为我国曲艺艺术的重要组成部分，产生之初，人们一般直接以"大鼓"相称，随着大鼓数量的不断增多，人们往往就根据乐器伴奏形式或发源地为它们加上了不同前缀，如梨花大鼓、梅花大鼓、木板大鼓等因伴奏所使用的乐器而得名；西河大鼓、京东大鼓、京韵大鼓、东北大鼓、太原大鼓等则凭借发源地闻名。京东大鼓在吸收民间小调、地头调的基础上，结合京东地区方言而成，具有很强的独特性和地域性，这也是京东大鼓区别于其他鼓曲艺术形式的标志。

（一）表演特点

传统鼓曲艺术，虽然以演唱为主，但是其表演性也是吸引听众的一个重要因素。在演唱过程中，演员不仅需要投入情感，还需要配合动作、表情。全知的叙述视角，在整个表演过程中，可以让观众体验到独特的审美效果，在娓娓道来中感悟唱词所传达的情感，明晓事理。

1. 全知叙述视角

视角是作品创作者或者讲述者对作品中的故事进行观察和叙述的角度。全知叙事角度可以摆脱视角的限制，让创作者以旁观者的角色进行叙述，使创作者处于一个无所不知的全能状态，我国的传统叙事作品大多采用这种全知叙述视角。通过对京东大鼓文本的分析，京东大鼓的叙述视角也属于这种传统的全知叙述视角。

京东大鼓表演者在舞台上所扮演的角色就是一个全知全能的人，需要将文本中所描述的事件以一个旁观者的身份告诉听众。例如《京东大鼓传统唱段选》中收录了京东大鼓长书《小八义》选段，主要叙述了宋徽宗时期，落难公子周顺被满门抄斩后藏匿于表兄徐文彪家，遭表兄妻子贾秀英陷害远走他乡，路遇打劫，心中苦闷难言，遂在松林上吊寻短见，幸得结拜兄弟江湖好汉尉迟霄和孔生相救，后徐文彪得知周顺被妻子诬陷，亲自到济宁城寻找表弟。周顺好友阮英与徐文彪发生冲突后到磨盘山上寻唐铁牛帮助，六兄弟在会仙居化解矛盾后相聚在孔家寨。徐文彪回府后被贾秀英设计谋害遭诱捕，屈打成招，五兄弟定下计谋，准备劫牢。阮英夜探徐府，知晓了贾秀英的诡计，最后帮徐文彪洗刷冤屈。在叙述过程中，每一个人的所见、所为、所说、所思、所想，都通过作者的叙述传达给听众，表演者在一个全知的视角下诉说着整个事件。

2. 跳进跳出，一人多角

京东大鼓作为说唱艺术，在舞台上会略显单薄，通常只有表演者和一到两名伴奏师（三弦师、扬琴师），在缺少伴奏的情况下，表演者需要自己撑起一个舞台，要自己打鼓板、弹弦、演唱，所以，"鼓曲在表演上并不要求过多的形体动作，也不必有太多的面部表情。表演者在'进进出出'的表演中，清楚、完整地完成你所要向观众交代的故事就可以了"。表演中的"进进出出"，就是要分清演员的演唱与角色扮演之间的区别。一台成功的鼓曲演出，需要鼓曲艺人同时做到唱、念、白、演这几个方面的协调配合。

鼓曲表演中，通常一个艺人就是一台戏，因为它要求说书艺人能够扮演多种人物角色，"一人一口演百面人生"就是对多种人物角色扮演的写照。表演者要分清所扮角色之间的区别，讲究声情并茂，夹叙夹议，才能更加诙谐，引人入胜。受演出舞台和道具的限制，艺人需要借助准确的动作手势和逼真的语音语调来模拟人物。如传统唱段《木盆》中，演员表现刘老太受儿子刘老二及儿媳虐待伤心落泪的情节，嗓音要模仿老人，略带哭腔，同时，要做出伤心、难过的表情，还要配合衩袖擦泪的动作；对于刘老二八岁的儿子大华做木盆给刘老二夫妻的情节，要模仿孩子的童稚声音，表情上展现孩子的天真，动作上展示大华做木盆的"砍""拉"等动作；对于刘老二夫妻二人醒悟，要对老母亲尽孝道的情节，则要用动作、表情和声音表现出夫妻俩内心的羞愧。不同人物展现不同性格，才能使听众感同身受，增强表演的艺术感染力。

（二）演唱特点

1. 讲究字正腔圆

京东大鼓的表演形式与戏曲艺术有很大区别，京东大鼓多为单人演唱，除手中鼓板外，演员一般不借助其他道具，故事情节的推进与情感的表达皆通过表演者的演唱来实现，这与演唱者的艺术修养息息相关。董湘崑在其京东大鼓文集中指出，演唱京东大鼓，要求发音准确，嗓音洪亮，吐字清楚，声情并茂。崔继昌根据自己多年的演唱经验，在其《三河鼓韵》中进一步强调"京东大鼓书要求字正、腔圆、韵足、味浓、气氛真实、色彩鲜明、气口得当、鼓板合宜"。京东大鼓演唱中，最大的要求就是表演者吐字归音要正确，行腔走板要合宜，要让听众明晰演唱内容，将注意力集中于演唱者本身，这样才能获得最好的表演效果。

2. 使用普通话演唱

1982年起，我国开始推广普通话。在这样的大背景下，董湘崑创造性地以接近普通话的语音语调来演唱京东大鼓，这与之前用方言演唱的腔调有很大不同。京东大鼓使用普通话进行演唱，是董湘崑对京东大鼓进行改革的一个重要方面，这一改革在保留京东大鼓原有韵味的基础上，契合了国家推广普通话的政策，大大提升了京东大鼓的推广效率。

方言作为语言的变体，主要分为地域方言和社会方言，地域方言主要以地域差异为分界点，社会方言主要根据方言使用者的职业、年龄、阶层、性别、文化教养等方面来划分。曲艺使用的方言多为地域方言，而很多鼓曲也以所处的地域命名，如东北大鼓、西河大鼓等。方言主要包括语音、语法和词汇三个部分，京东大鼓与其他大鼓的区别主要集中在语音和词汇方面。京东大鼓在产生之初主要使用京东地区的方言，如刘文斌用宝坻地区方言进行演唱。直到现在，依然有很多艺人效仿刘文斌，尤其是那些年龄较大、缺乏普通话基础的表演者。

3. 唱腔宾白结合

京东大鼓的唱腔独具特色，自成体系，它的唱腔"有一个特点是兼而有之，唱时就是有腔有调，而说的时候就如同其他剧种的宾白，更与评书相似"。宾白虽然只是京东大鼓的一种辅助唱腔，但熟练掌握和运用宾白，对京东大鼓表演者大有裨益，尤其是在表演京东大鼓长篇大书时，大多需要表演者进行说书式演唱。所以，京东大鼓表演者只有集鼓板、演唱、表演、宾白技巧于一身，才能更好地增强京东大鼓的艺术表现力与感染力。

（三）文本特点

京东大鼓属于市民阶层的俗文化，与京韵大鼓不同，其唱腔及唱词不以雅文化为基础，而是深深地扎根于乡野，具有很强的民间性，更以通俗易懂著称。尤其是董湘崑对京东大鼓进行改革之后，其"民歌"性质更加凸显，这也将京东大鼓推向了一个发展高峰。虽然京东大鼓不属于文人创作行列，但是产生于民间的唱词依然注重合辙押韵，恪守鼓曲艺术规范，读之朗朗上口，唱之娓娓动听。京东大鼓的短段创作紧跟时代步伐，无论是赞扬还是抨击，都紧跟社会核心价值观，崇尚真善美，推崇中华民族传统美德。

1. 以七字句结构为主

京东大鼓的鼓词多为七字句，以"二二三"结构为主，句首常加"表的是"三字头，演唱时，鼓词内常加衬字（歌词中为韵律优美或歌唱需要而增加的没有实义的字词及短语），在句尾常加"哪""啊"等虚字，这样不仅可以填补词与词之间的空隙，还可以使京东大鼓达到拙中见巧，增强演唱韵味的效果。"唱词的基本格式是七字句，根据内容需要，字数可以适当增加，但要合乎节拍。还可以使用一般鼓词常用的修饰手法，如加三字头、四字串、衬字、垛字句等。开头的四句唱词（即四开板）最好用七字句。"京东大鼓鼓词合辙押韵，易于演唱，尤其是七字句结构，使得古诗中的七绝和七律大体都能够作为京东大鼓的演唱文本，例如毛泽东同志的七律《长征》《人民解放军占领南京》都是京东大鼓演唱者喜爱的名段；七绝古诗虽形制短小精悍，只有短短的四句，但读之朗朗上口，唱时各句起承转合处理得当，音乐性极强，例如李白的《望庐山瀑布》、贺知章的《回乡偶书》。

2. 包括长篇和短篇

京东大鼓的书目分为传统大书和短篇唱段两种。传统大书使用的是章回体结构，篇幅较长，回与回之间联系密切，表演者擅用紧凑的故事情节吸引听众，经典的长书包括《响马传》《刘公案》《小八义》《海清天》等，中华人民共和国成立初期，农村中也盛行长篇大书。相较于长书而言，短篇唱段形制短小精悍，唱词一般仅为数十句。

3. 紧跟时代，宣传性强

京东大鼓短篇作品更加灵活多样，贴近现实，通俗易懂。

细观京东大鼓的鼓词，从中可以看到不同时代的社会风情。如《毛主席的书我最爱读》，在原有歌词的基础上使用京东大鼓的唱腔进行演唱，展示了人们对毛主席的崇敬；《雷锋在列车上》是对"雷锋精神"的歌颂；《白雪红心》是对人民好干部焦裕禄的赞颂；《送女上大学》是对新社会的歌颂，更是又一次使京东大鼓红遍全国；《推广普通话》是对国家语言政策的响应；《喜看"神六"游太空》表达了对神舟六号飞船顺利完成飞行任务的喜悦之情；《"八荣八耻"要牢记》是对社会主义荣辱观的宣传、学习；《喜迎十九大》展现了全国人民热烈庆祝十九大召开，坚定不移跟党走，共创伟大中国梦的信心和决心。京东大鼓除了展示社会政治面貌、时代变迁外，还注重弘扬社会核心价值观，如《别忘父母恩》《木盆》《老来难》弘扬了孝道；《珊珊作画》表达了离异家庭的孩子希望父母团聚的愿望；《劝人方》《新劝人方》劝人要心平气和，不要互相攀比……

京东大鼓鼓词创作远远多于留存下来的，因为艺人往往在演出的情况下进行现挂，表演完毕后也不会进行记录、整理。虽然很多优秀的现挂作品没能保存下来，但这也正是鼓曲艺术的魅力所在。

（四）音乐特点

京东大鼓作为曾经风靡全国的优秀鼓曲艺术，在刘文斌和董湘崑两代人的努力下，达到了一个新的艺术高峰。京东大鼓的音乐特色主要表现在音乐调式、唱腔板式及伴奏上，虽然京东大鼓的体制处于板腔体向联曲体过渡的阶段，但其仍然属于传统的板腔体。

1. 音乐调式——以徵调式为主

我国传统音乐以宫、商、角、徵、羽这五个调式为基本调式，其中，宫调式和徵调式是京东大鼓采用的主要调式，而徵调式所表现出来的民族性更强，这主要与京东大鼓由"地头调""靠山调"以及其他"民间小调"发展而来的情况相关。"京东大鼓音乐的调式主要分为宫调式（三弦的三根空弦音分别为１５１）和徵调式（三弦的三根空弦音分别为５２５）。从曲谱上分析，应该是宫调式与徵调式形式的交替式调式，但主调应为徵调式，这是京东大鼓唱腔音乐的主要特色。"随着时代的发展，京东大鼓在音乐唱腔方面也吸收了其他音乐形式，但整体音乐旋律仍以宫调式和徵调式交替出现为主，演唱中还存在着一定的离调式倾向，所以，演唱时经常会出现一两句转调，但对整段的影响不大。

2. 唱腔板式——以板腔体为主

鼓曲艺术的唱腔一般都以板腔体为主，但京东大鼓的唱腔特色是以板腔体为主，并兼具联曲体的特征。京东大鼓的唱腔比较简单，多根据演唱速度来调节故事情节的发展。演唱时，速度一般是先慢后快，音符则是先繁后简。京东大鼓作为板腔体音乐，其总体结构为："前奏—慢板—间奏—中板—间奏—紧板—尾腔"，其中，中板和紧板的节奏并无变化，只是速度变快了，紧板在进入故事高潮后速度会更快，这种板式大量存在于较为原始的板腔体曲种当中。

固定的曲牌是京东大鼓具有联曲体特征的重要因素，董湘崑在改革京东大鼓的过程中也对曲调进行了改革和固定。目前，京东大鼓拥有 19 个曲牌，分别为四开板、金钩调、双柔调、拉腔调、燕抄水、上音下合（低上音下合）、上板调、双高调、回应调、单挑边、双转辙、小串联、流水、大反调、重叠句、十三咳、大悲调、小悲调和霍城调。这些曲调在一篇鼓曲中不一定都使用，创作者或演唱者往往根据唱词特点和表达情感等实际情况来选择不同曲牌。京东大鼓的经典篇目《送女上大学》，几乎包含了京东大鼓的全部曲牌，掌握这些曲牌，对初学者日后的演唱和创作都大有裨益。

3. 伴奏音乐——以鼓、板、弦为主

中国乐器分为拉弦乐、弹拨乐、打击乐和吹奏乐，传统的京东大鼓伴奏乐器主要是书鼓、鸳鸯板（铜板）和三弦。鼓、板由演唱者控制，演员一般左手操铜板，右手击鼓，主要用来控制演唱的节奏；三弦由弦师进行伴奏。在京东大鼓缺少伴奏的情况下，演员手中只要有鼓和板就能演唱。三弦作为主要伴奏乐器，能够起到托腔保调的作用。董湘崑对京东大鼓的改革还表现在伴奏上，他创造性地加入了扬琴，扬琴与三弦的配合，也使得京东大鼓的整体视听效果更佳。

京东大鼓的鼓板由演唱者亲自击打，尤其是在演唱开始前，演员操起鼓板，伴奏才能演奏出相应的前奏或者间奏。在演唱过程中，鼓板能够控制演唱的节奏和速度，调整板式，转换腔调。因为鼓板在演唱中起主导作用，所以，三弦与鼓板的配合就显得尤为重要。三弦在伴奏过程中，"除去前奏和上把、中把、下把这三把过门儿外，就是在演唱中间的模拟成分比较多。伴奏要经常重复一句演员演唱过的曲调（艺人们称之为'学舌'），使听众加深印象"。著名弦师李景山是京东大鼓泰斗刘文斌的伴奏弦师，技艺高超，"学舌"就是他的绝活。随着扬琴的加入，京东大鼓伴奏也形成了三弦为主，扬琴为辅的局面。演出中，鼓板、三弦和扬琴相互配合，表现出了极佳的音韵性，同时，和声也更加饱满，与唱腔达到了水乳交融的境界。

四、总结

京东大鼓唱腔优美，表演生动，短篇唱词贴近实际且积极向上，长篇书目隽永优雅，在娱乐资源匮乏的年代，对提高百姓审美情趣，丰富他们的精神世界起到了重要作用。在京东大鼓发展史上，曾经出现过许多优秀艺人，刘文斌和董湘崑师徒无疑是领军人物。董湘崑在固定唱腔、改进伴奏、提倡普通话演唱几个方面所做的努力，成效显著，不仅使京东大鼓艺术风格更加凸显，还使京东大鼓迅速传唱全国。京东大鼓作为传统鼓曲艺术，在市场经济和新媒体的冲击下，已渐渐失去了其特定的生存土壤，生存空间日益萎缩。老艺人先后辞世，也使鼓曲传承面临断层。笔者也期望通过此次对京东大鼓历史源流、流派传承及艺术特色的梳理，为京东大鼓发展尽一点绵薄之力，以期后来之人能使京东大鼓重放光彩。

参考文献

[1] 中国戏曲志全国编辑委员会.中国曲艺志·河北卷 [M].北京：中国 ISBN 中心出版，2000：62—63.

[2] 廊坊字文化局，廊坊市群众文化学会.燕鸣集 [M].廊坊：廊坊市文化局出版，2004：103.

[3] 倪锺之.中国曲艺史 [M].沈阳：春风文艺出版社，1991：391.

[4] 李寿祥.京东大鼓 [M].天津：宝坻区文化局，2009：1—28.

[5] 董湘崑.董湘崑京东大鼓文集 [M].北京：中国文史出版社，2007：17—311.

[6] 姜昆，倪锺之.中国曲艺通史 [M].北京：人民文学出版社，2005：420.

从京东大鼓《海青天》谈说唱艺术

姜子龙

  京东大鼓是我国北方的一种传统曲艺形式，产生于北京以东三河、香河、宝坻一带，广泛流传于我国京、津、华北、东北等地区。它唱词通俗易懂，在吐字上保留了一定的乡土气息，在唱腔上吸收了很多其他艺术，并逐渐发展形成了其独特的演唱艺术风格。为了挖掘、整理、保护京东大鼓这一宝贵的非物质文化遗产，我历时数月，改编、整理、演唱并录制完成了当代第一部京东大鼓长篇书目——《海青天》，全书共 60 回，在录制的过程中，得到了天津京东大鼓前辈、著名弦师高世舜先生的精心指导，现已在全国几十家省、市、县级电台播出，反映良好。

  《海青天》叙述的是明朝清官海瑞的故事。该书从海瑞进京赶考住在张家豆腐店开始，描述了一连串海瑞与严府奴才、严府管家乃至严府的主人——严嵩斗争的故事。情节细微、跌宕，语言幽默洗练，听来既有文学性、知识性，又有趣味性。故事悬念相接，人物个性鲜明，是一部脍炙人口的长书作品。加之以京东大鼓演唱，使其韵味更浓、更淳，更具可听性和收藏性。《海青天》构思巧妙，手法新颖，情节引人入胜，人物性格鲜明，语言生动，富有生活气息，感情真挚纯朴，群众易于产生共鸣并接受。仅在这里借这一部京东大鼓长篇书目《海青天》来浅谈一下说唱艺术。

说唱艺术是一个具有广阔天地的门类，它是曲艺中的重要组成部分。曲艺在悠久的历史发展过程中，积累了丰富的艺术成果，根植于人民群众之中，曲艺艺术简单轻便，能够迅速反映现实，是文艺中的一支轻骑兵，以短小精悍、通俗易懂而受到广大群众的喜爱欢迎。但我们应该看到曲艺说唱艺术在新的环境中存在的矛盾和问题，主要有以下几方面：曲艺说唱艺术的说和唱、长篇和短段的配合问题；现代内容的曲艺和传统曲艺的关系问题；培养接班人的问题；曲艺演员的组织管理和新生力量的培训问题。

大家都知道，曲艺说唱艺术是语言、音乐和表演三结合，以语言为主的表现人物的群众性艺术。它是以听觉接收为主的艺术。演员必须口齿伶俐，说唱的故事清楚，让观众听得明白，才能被接受。说书不明如同人入迷境，道字不真如同钝剑伤人。

这是很朴实的一句话，要求演员在嘴皮子上下功夫，在唱的时候不能让唱词埋在唱腔里；有乐器伴奏的，不要让乐器音响淹没了唱词内容。树立起以听觉为主、视觉为辅的思想，同时也应该注意将说唱与伴奏及演员的动作表演充分地结合起来，使三者达到完美的统一，让音乐伴奏和动作表演为演员的说唱更好地服务。这样才能使表演臻于完美，带给观众更好的艺术享受。《海青天》这部长书就是按照这种指导思想进行录制的，很注重书的趣味性和艺术性相结合。同时将现在的一些流行元素加进去，比如在开篇，引用周杰伦的《双截棍》。我们在关注那些说唱歌曲的同时也应该关心我们的传统说唱，在这些说唱书目中我们不仅能感受到娱乐放松，还可以获取知识。因此也可以说说唱艺术是一种寓教于乐的艺术形式。

任何一种艺术形式都离不开继承和发展。京东大鼓艺术也不例外，它不像歌曲一样专曲专用，而是由它自己的基本板腔组成的。根据情节、人物、感情等不同，要把这些基本腔调进行连接、变化，来达到表现内容的目的。在安腔时我尽量做到知己知彼：知己就是正确地权衡自己的条件，知彼就是反复琢磨作品的内容，首先要体会作品的感情基调，然后逐句进行分析。确定每一部分的感情处理，最后才是安腔谱曲。但是由于自己在说上下的功夫多些，在演唱上经验甚少，因此就得努力多方面地求教，在实践中加深理解。比如在录制宛平知县张俊峰遇害被杀，妻子见到丈夫的尸体，痛彻肝肠的片段时。开始我只理解了一个"悲"字，后来联想到一个好的艺术作品都是要精雕细刻，反复推敲。我对词句进行了分析，深深体会到这段情节中不仅有"悲"还应有"惜"和"恨"，在板式、唱腔、唱法上又进行了反复推敲，开始用自然流畅的散板，渲染张夫人的痛苦心情，引起听众的同情和愤慨。在一个整段的唱腔中要注意故事情节的发展和人物感情的变化，必须注意词曲的结合，才能更好地表达作品主旨。

一个好的唱段，要给人留下深刻的印象，除了演唱者要有一定的艺术技巧外，如果没有动人心弦的唱腔，是很难感动人的。因此，需要丰富唱腔。丰富唱腔的方法很多，如创新、借鉴、改革。但不能忽视传统，更不能改得面目全非。京东大鼓源于民间小调，经过了两次改革，才形成了现在的流派。一是刘文斌把它带到城市进行了整理、规范、创新，进一步发展了京东大鼓。二是董湘崑经过整理改革，无论在唱腔上，还是在伴奏上都有很大的突破，形成了自己的风格，把京东大鼓推向了全国。我对这两派的唱腔进行了比较，从继承前辈唱腔的实践中，我体会到在继承的同时，还要大胆创造，但必须沿着前人的路走上一段，然后才能在原有的基础上找出新的途径。一个演员很难在完全不懂原来唱腔的情况下唱出各种好的唱腔来。

事物的发展一般来讲都是由简入繁、由短到长的，曲艺说唱这一门艺术也不例外。现在很多短段很流行，受到好评。尤其是京东大鼓短段。这种短段因讽刺性强早已风靡全国，尤其是根据现实生活编写的新段子更是深受群众的喜爱。但是就长篇书目来说，现状是令人忧心的。大多数地区的演出主要还是传统书目，反映社会现实生活的新内容好书少之又少，这样的状况是与社会生活严重脱节的，我们应该努力创作出新的、好的反映社会现实生活的作品。传统书目流传民间时间长，对于社会以及人民群众来说影响不小。传统书目以宣传封建社会的道德风尚为内容，主要是以忠奸对比、善恶对比、急公好义和忘恩负义对比来博得群众的同情。传统书目中也有很多忠孝的内容，但是愚忠和愚孝就值得商榷了。所以在面对传统书目时，我们应该有取有舍，取菁去芜，对于那些糟粕要毫不留情地舍弃。演员们要能够自觉地放弃糟粕，自觉地创作新的作品，内容新，思想也要新，同时在表演的时候也应该适当地革新。我在对《海青天》的整理中就把"神话"海瑞的东西去掉了，从他的人物性格入手，特别突出了他的刚直和智慧。

群众是基础，大众的需求应该是曲艺说唱艺术考虑的首要因素。毕竟在这样一个市场型的社会，市场需求决定了事物的发展前景。曲艺说唱艺术也不例外，应该充分注意市场需求。演员要利用尽可能多的机会来演出，这样才能更好地把握市场动向。演出单靠演员和演出单位来组织举办是不够的，我们的政府也应该给予大力支持，积极地举办各种曲艺表演的活动，在城市、在乡村，努力拓展演出市场，给演员们更多的表演机会，也给群众营造一种零距离接触曲艺说唱艺术的环境和氛围。春节期间，幸福廊坊大型游园活动每次都安插了曲艺说唱，深受群众的欢迎。

　　现在的曲艺界面临着这样的一个尴尬局面：老一辈的曲艺艺术家大多年事已高，而青年演员人数不多，优秀的演员就更是凤毛麟角了，处于一种"青黄不接"的尴尬境地。现在年轻的一代深受外来文化的影响，对中国的传统文化越来越不了解，离得越来越远，甚至有全部放弃的趋势。当下年轻人对这一传统艺术表演形式更是不了解，没有兴趣，也就谈不上学习、深造和发扬光大了。面对这样的局面，我们要加大力量来培养新一代的曲艺演员，给曲艺表演队伍注入新鲜的血液。任何一种事物，都需要时时注入新鲜的血液，这样才能有更好、更远的发展，曲艺也不例外。对于曲艺人才的培养，还可以采取"以师带徒"的办法，这是一种传统的教学手法、传承手段，它延续了很多年，效果甚好。也可以办面向全社会招生的学习班，由老一辈的艺术家、资深的曲艺演员来带班教学。我们的目标不只是要培养出能上台表演的曲艺演员，更要培养出能表演、能伴奏，也能创作的全能型人才。物稀为贵，多而为兴，现在的演出团体很多，各地都有，但是机构大都很松散，没有很好的运行机制。这是令人担忧的。

　　一个国家的文化是由多方面的文化组合而成的，有精英文化、典籍文化、民间文化等。说唱艺术就是我国民间文化的重要组成部分，但是这种传承着中国劳动人民智慧结晶的文化形式在各种外来文化的冲击下面临着严峻的局面，渐渐失去了市场、生存发展的空间，最终走向消亡。这个严峻的局面应该引起我们每一个人的重视。可以说这是一场没有硝烟的战争，在这个没有硝烟的战场上，我们每一个人都是奋斗的战士，我们每一个人都肩负着保护祖国传统文化的重任。

京东的大鼓和京东大鼓的辉煌

李承秀

2006 年，京东大鼓经国务院批准列入首批国家级非物质文化遗产名录。说起京东大鼓的起源和发展，我想起二十世纪五十年代，我拜刘文斌为师学唱时问起它的历史。他对我说，早在东周时期，周桓王的二太子周庄王姬佗继位时，狼烟四起，叛臣作乱，围困都城，姬佗很着急。四大丞相跪于金殿要去守城退敌，经庄王同意，四丞相到城头各守一门，凭其三寸不烂之舌，说得叛军卷旗撤退。周庄王姬佗大悦，让四丞相大兴教化，传徒授艺。还把金殿旁的梧桐树伐倒，制成很多小木块儿，留与后人辈辈相传，后称"醒木"；同时传旨：醒木有至高无上之权力。因此就有了"梅、青、胡、赵"四大门派，"梅"是"梅子清"，"青"是"青云峰"，"胡"是"胡鹏飞"，"赵"是"赵恒利"。开始只凭讲故事，劝人多行善事，这就是说书的源头。

世代相传，说书人单凭语言比较枯燥，于是研究出用乐器伴奏，加上大鼓、三弦，用农村耕地的犁铧敲下两块打击，叫犁铧片。后做成铜板，因两块板声音不同故叫阴阳板，又称鸳鸯板。早先乐器都是单用，后来，几人合奏，觉得更悦耳动听。至今如木板大鼓《大闹天宫》、河南大鼓《刘云打母》等都没有弦乐，还是单一乐器伴奏。

说唱以"梅""青"两门的传人为多，京东的各县农民，都是半农半艺，口传心授，走乡串镇各处演唱，各有师承。

相传到清朝，已有很多艺人成名，受到皇封。"梅"门封"五龙"，为王龙生、张龙海、刘龙德、唐龙祥、蔡龙兴。"青"门封"五奎"，李振奎、邓殿奎、张柏奎、曹占奎、崔登奎。按师承尊长排辈，"梅"门为"继、承、龙、元、玉、棠、文、书、华、其"，"青"门为"青、文、奎、连、永、宝、景、怀、玉、成"。"梅""青"两门的关系很好，有"梅""青"两不分之传。清末民初，"梅""青"两门各有高手，有"南于七、北宪章"之说。于七出生于宝坻史各庄镇邱家铺马于庄村，受艺于青门五奎再传弟子邹永山（天津市宝坻区朱家铺村人）。相传于七在北京以一段《瞎子逛灯》唱红了恭王府，得赏颇丰，钱能装满老家的躺柜。王宪章出生于京东平谷县南太务村，活动于咸丰、民国间，生于1847年，卒于1937年，是

"梅"门再传弟子，红遍东三省，轰动奉天城，关外享有盛名，得到张作霖五姨太的欣赏，逢场必听。王宪章在奉天建起大鼓曲社，因出生平谷县，所唱起名平谷调。

王宪章的传人最有成就的要数王佩臣，唱红京津，与刘宝全、金万昌齐名，被誉为"鼓界三绝"。王佩臣生于1902年，卒于1964年，女，汉族，北京通县人，本名车小贵，9岁随父车汉文学唱，12岁在北京东安市场演唱小段，也去隆福寺、护国寺庙会演唱大书。1915年，车小贵来津拜王宪章为师，1923年更名王佩臣后和卢成科合作，在天津各曲艺场演出。她嗓音宽厚，表情洒脱活泼，与卢成科配合默契，表演俏、媚、美，吐字有力，常用赶板、闪眼、垛字，用下滑音，话路很宽，擅长曲目《高亮赶水》《玉堂春》《王二姐思夫》《独占花魁》《诸葛亮招亲》。定名乐亭大鼓，也叫"醋溜大鼓"，为了区别唐山乐亭县的乐亭大鼓，又改名为铁片大鼓。她收徒靳遏云、小佩臣（佟慧莲）、新韵霞、刘秀玲、姚雪芬等。

京东大鼓的另一前辈艺术家翟青山，北京通县人，汉族，男，原名翟玉俊，又名翟德林，出生在贫苦农民家庭，少年时在村中学莲花落。后从刘玉昆学落腔调、西河大鼓，随盲艺人流动卖艺糊口。1927年拜西河大鼓艺人田玉福为师，学会"战国春秋"以及木板大鼓，1928年莅津演唱西河大鼓。当时，天津曲坛百花争妍，他大胆吸收了兄弟曲种的旋律，以扬琴伴奏，发展出一种新的鼓曲形式，首演于天津仁昌天台，定名"单琴大鼓"，深受欢迎。他常在唱腔中化入其他曲种旋律，还常在间奏、过门儿中插进民歌小曲，一反大书之呆板，形成明快活泼的风格。他还改革了扬琴排码，扩大了扬琴的音域。他的嗓音甜润清亮，音域宽，高音不燥，低音不沉，中低音虽略显沙哑但不失柔美，吐字清晰。他所演唱的大书《前后七国》和短篇《蓝桥会》《独占花魁》《乔太守乱点鸳鸯谱》等，脍炙人口，有七张唱片传世。他授徒十余人，其中吴长保、石长岭对传播普及单琴大鼓起了很大作用。其子翟万兴、翟万盛继承衣钵，后又拜师西河大鼓名家张起荣，继续演唱单琴大鼓。

此外，平谷县张士诚、唐山刘俊海也都以唱平谷调出名。陈怀德把京东落腔调唱到东北黑山县，起名东北大鼓。

总之，很多老艺人对京东的大鼓都做出了巨大的贡献。不管是平谷调大鼓、醋溜大鼓、乐亭大鼓、单琴大鼓、弦子大鼓、五音大鼓、京东怯大鼓都属京东的大鼓。

京东的大鼓，还有一个支派，就不得不提起刘文斌老先生了。刘文斌出生在直隶宝坻县（今天津市宝坻区）尔王庄乡黄花淀村，农民出身，原名刘存有，出生于清光绪十七年（1891年，辛卯年）农历五月二十九，属兔，卒于1967年6月4日，农历四月二十七晨四时。

二十世纪五十年代，我曾问过师父刘文斌："您是怎么走上演唱京东大鼓的道路的呢？"他坐在家里的小床上对我讲："小时候爱听农村的大鼓书，一来二去就学了几段，在闲暇或者地里干活时唱着开心。后来和老家的弦师们一起练唱，有时候也去周围的村子唱。赶上年景不好，就和弹弦的商量一起到北口外闯荡，那是老话说的"八沟热河喇嘛庙"——拉骆驼的地方。去的时候带点稀罕物件，如灶王爷、全神、针头线脑、顶针、皮鞭梢等，到那儿换点钱，再唱上几段大鼓，敛点粮食卖点钱。因为会的东西少，自己找唱本、背唱词。当时没有电灯，买灯油费钱，只好点香火照亮。二十世纪二十年代，因为老家闹饥荒，我便到天津城西怡和街做剃头生意，晚上唱两段大鼓。谁知听的人越来越多，后来，就干脆撂地画锅。因为没拜师，让人踢了场子，抢走大鼓。没办法，回老家经人介绍拜宋恩德为师（宋先生是宝坻区大白庄镇范庄子村人，原名宋玉树，外号宋瞎糠）。拜师仪式后，师兄弟们在庙会上吃了一顿驴肉烙饼，宋先生唱了一段《全德报》，我唱了一段《红月娥做梦》。"

通过拜师，刘文斌又和弦师加紧排练，二次返津。在小营市场撂地演唱，支个大布棚，弄些木板钉几个板凳。当时艺人

152

也很苦，赶上天不好，不能演出。闹得艺人们"人歇工，牙挂对，肠子肚子活受罪"。有一次在大宅门演唱，主家点了一段《罗成算卦》，让同来的师弟李文俊唱，正赶上他不会，就推荐刘文斌唱，主家不太愿意，便拿刘文斌开心，说："他那个样子能唱得好吗？"当时刘文斌大病初愈，穿得也不讲究。经大伙说和，刘文斌就支起大鼓唱起来："表的是，数九隆冬天气寒，二十八宿降临凡，左天蓬降生济南府，白虎星降生在淄川……"这几句唱得洪亮悦耳，各楼里和附近的人都吸引过来，掌声不断，交头接耳询问唱者是谁。之后，刘文斌的名字不胫而走，很快传遍了天津。请他演唱的人越来越多，应接不暇。串巷子、进宅门、茶楼剧场也纷纷邀唱。二十世纪二十年代末，刘文斌就到北大关桥南义顺茶楼演出，后来又到北开、鸟市、地道外、谦德庄、北马路北海楼、南市东兴市场、南开六和市场、南市燕乐升平、上平安、中华落子馆、庆云茶楼、汉沽、杨柳青等处演出。一起献艺的艺友有张寿臣、陈士和、翟青山、马宝山、马连登、刘宝全，常在燕乐茶楼（新中国成立后改为红旗剧院）演出，先后还有刘问霞、常旭久、于瑞凤、程玉兰、郑蝶影、李想容、王桂容、曹宝禄、高德明、陶湘如、花四宝、白云鹏、戴少甫、于俊波、侯宝林、郭启儒等。在庆云茶社先后与常连安、常宝堃、常澍田、金万昌、马三立、侯一尘、张寿臣、王佩臣等同台。

天津的私人电台仁昌、中华、东方、青年会等也都请刘文斌去直播，播演时穿插广告。二十世纪三四十年代，刘文斌常在仁昌电台报延寿堂的药品广告："调经养血，一元钱，白喉蛾子，一世福，一家乐（延寿堂的掌柜姓乐，乐家老太太爱听刘文斌的唱段）。"从此，刘文斌红得发紫。电台直播时间一到，妇孺都聚在电匣子旁边收听，有的商户为了招揽生意，在店外安上喇叭，播放他的唱段，引来行人驻足聆听。1936 年 4月 3 日的《广播日报》载文写道："刘文斌的唱段深受大家喜爱，尤其是广大家庭妇女——特别是老太太的青睐。"

随着京东大鼓的走红，国乐唱片公司邀请刘文斌灌制唱片，共 12 张，其中《刘公案》4 张、《拆西厢》1 张、《郭子仪庆寿》2 张、《庄子扇坟》1 张、《隋炀帝下扬州》2 张、《王二姐思夫》2 张。

说起京东大鼓名称的来由，我也问过师父刘文斌，他说："早先，京东有好些唱大鼓书的人，也没有个名字，统称为说书的。"农村唱大鼓书的，唱腔很简单。来到天津之后都要讲究，各种活动都要细致分类。当时盛行的曲种如刘宝全的京韵大鼓、舍命杨的木板大鼓、朱大官的西河大鼓等。各处剧场、茶楼、电台邀请刘文斌演唱，都问："刘老板，咱报什么大鼓？"

他随口说："我们是京东人，就报京东大鼓吧。"京东大鼓就此得名。

刘文斌的京东大鼓唱响了京津，与他的磨炼和不断创新改进是分不开的。他文化不高，有一次唱《拆西厢》，唱到"咱们老爷贪赃图了贿"，他给唱成"贪赃图了有"，观众喊了倒好儿。他不气馁，下决心努力学文化，按听众口味改进唱腔。刘文斌的师父张瘸老的唱法，开场的头一句是："上场来今天我开书，先表头一回"，拉着长腔，头一句得唱十分钟，再一看人都走了。刘文斌干脆把头一句抹掉，改成"表的是"，开门见山，直接入活，得到天津听众的认可。通过不断演出，固定了京东大鼓的基本唱腔，还吸收了一些农村小曲、地头调及小贩叫卖腔（他在天津河东听一个卖牛杂碎的大胖子吆喝声好听，就把那韵味移到大鼓唱腔中）。他的演唱动作不多，大都在声腔上展示，二十世纪六十年代首届"津门曲荟"，天津日报评论刘文斌是"以声代情，声情并茂"。由于长时间的演唱，嗓子过度疲劳，又得不到完全恢复，挤出了沙哑的、特殊的"云遮月"音，听起来又打远又好听。他的"嗖"音（编者注：嗖音指的是一种在行腔过程中对腔调的润腔处理，常用于京剧演唱中，曲艺中也有嗖音，是一种比较传统、普通的润腔唱法技巧）发挥得极好，尤其他的一口"十三咳"，听起来有特殊味道，似断非断，声断气不断，犹如九曲十八弯，听来神完气足，立刻换来掌声不断、啧啧称奇。他的拖长拉腔听起来十分厚重苍劲，犹如黄河洪峰一泻千里，气势磅礴，酣畅淋漓，高腔立音，高亢挺拔。他还有一种独特的唱法，就是老学究背诵古诗词的平仄韵味，用背工音，唱起来瓮声瓮气，十分引人注目，被人称为"鼓曲的麒麟童"。他的大鼓唱得字正腔圆，韵味十足，声名鹊起，被人戏称"坛子大鼓"。

刘文斌的京东大鼓唱响京津，天津无人不是他的粉丝。二十世纪四五十年代，走在马路上的百姓，张口就是"刘大人……"，一些相声大家也成了刘文斌的粉丝，纷纷学唱。小蘑菇（常宝堃）歪唱《刘公案》"刘大人背着饭馆进褡套，褡套里头点着灯"，歪唱《拆西厢》："崔莺莺闷坐手托着腮，叫声红娘你过来，你姑娘我有一件不明的事，直到如今没解开，咱们娘们大门不出二门不迈，为何肚子鼓起来……"马三立唱："春雨惊春清谷天，夏满芒夏暑相连，秋处露秋寒霜降，冬雪雪冬小大寒。"郭荣起、赵新敏、李润杰也都学唱刘文斌，形成一时的"京东大鼓热"。

刘文斌演唱的曲目很多，据我所知，有上百段之多。中长篇书目有《刘公案》《呼家将》《小八义》《少西唐》《响马传》《十粒金丹》《玉杯记》《回杯记》等，其他书目有《十字坡》《双锁山》《刘金定观星》《朱买臣休妻》《诸葛亮招亲》《诸葛亮押宝》《借女吊孝》《铁冠图》《韩湘子上寿》《郭子仪庆寿》《昭君出塞》《红月娥做梦》《探窑送米》《王三姐剜菜》《倒娶连科》《大西厢》《王二姐思夫》《罗成算卦》《鱼樵耕读》《肃六篡位》《隋炀帝下扬州》等。

新中国成立后穷苦艺人翻身，他虽年已花甲，更是老当益壮，编新唱新，传徒授艺。我记得1958年时，他唱过一段叫《送面汤》，唱词是："一声霹雷天下传，大洪倒了万座山，工农跃进大生产，一日十里飞向前。"

刘文斌同辈师兄弟在京东艺术上也都很有贡献。师兄魏文然，艺名魏西庚，宝坻广林木村人，二十世纪三四十年代在天津演出，以大书擅长，如《宏碧缘》《少西唐》《大破孟州》，他在天津市和农村收徒很多，在河北省影响很大。徒弟王艳秋，二十世纪四五十年代也很有名，主演《呼家将》《响马传》《宏碧缘》，有时上午看小人书下午说，下午看完晚上说，台上经常现挂。

刘文斌师弟为齐文洲，原名齐玉斋，天津宝坻牛家牌镇西老鸦口村人，参加河东区书曲队，长篇书目有《马潜龙走国》，三国唱段有《调精鬼》《全德报》《蓝桥会》《太子藏舟》《游旧院》《忆真妃》，大书的赞、赋都很讲究。刘文斌另一个师弟李文俊，原名李振海，后离津改行。

刘文斌等几位前辈艺术家通过拼搏，把京东大鼓在二十世纪三十至五十年代推向高潮。刘文斌闲暇时跟我说："艺人不离响地，响一不响二。"所以他几十年一直没离开天津，长占电台几十年，又是茶余饭后的好时段，再加上为他伴奏的李景山先生得心应手，所以长期走红。

刘文斌授徒十余名，有卢书忠、张书扬、李书然、郭书香、刘少斌、李承秀、董湘崑、王辑馨、刘汉武、张良、宋万丰、岳金义、孙志华、安锦存、刘振华、刘振东等，大多属业余。我1957年跟刘文斌学唱时，他已年近七旬，没过两年就已退休，我有时到民族文化宫参加演出，董湘崑在一宫曲艺队演出。

1966年开始，文艺凋零。此时，师兄董湘崑一枝独秀。他1927年生于宝坻方庄子镇何庄子村，1939年来津在印刷厂做学徒。1952年，他开始曲艺演出，1956年他在全国首届职工曲艺会上演唱京东大鼓并获二等奖，二十世纪六十年代初他就在天津人民广播电台录制《刘三姐》《白雪红心》《在列车上》《姐妹观榜》等。后来更是红极一时，坚持唱新演新。他参加全国调演，一段《送女上大学》响遍全国，受到文化部的表彰，中央领导的接见，荣获"工人曲艺家"称号，各电视台经常播出他的演唱片段，并各处收徒授艺，现已桃李满天下。

师兄刘少斌自创自弹自唱，多专多能。新中国成立后，他参加长影乐团，后调入电台广播乐团，在曲艺团队唱出京东大鼓的一条新路子。我的另外几位师兄——王辑馨、刘汉武、张良、宋万丰、岳金义也都为京东大鼓费尽心血，功不可没。

二十世纪六十年代初，我在单位参加文艺演出，第一次就得了个碰头彩，受到领导的重视。后来参加军工系统会演，也受到好评。后在长篇大书上下了几年功夫。也编演了很多学先进唱英模的唱段，也写出了刘文斌与京东大鼓的文章。后改革开放，文艺复兴，我和天津人民广播电台连续录制了《诸葛亮招亲》《王二姐思夫》《大西厢》《红月娥做梦》《探窑送米》《大盘道》《郭子仪庆寿》《密建游宫》《诸葛亮押宝》《正骨》等二十多段节目，电台多次播出我的个人专题，受到广大曲迷的欢迎。中央人民广播电台两次播出对我的专访，中央电视台播出我的唱段，"福建海峡之歌"通过电波向台湾的曲迷播出了我的唱段。《天津老年时报》《天津文史资料》等刊载了我回忆恩师刘文斌的文章。前年相声名家郭德纲邀我到杨村影视城录制一期节目，天津电视台科技频道也录制了我的节目。遗憾的是京东大鼓的长篇书目现已无人演唱，前辈曾经风靡于世的说唱艺术濒临消失。为此有生之年，我要承担起拯救京东大鼓这一国家级非物质文化遗产、民间艺术的责任，让传统的民间文化艺术有继承，有传承，有发展，在全面建设社会主义现代化强国的道路上，在中华民族伟大复兴的征途中绽放异彩。

几年来，我积极参加各地区举行的京东大鼓活动，耐心细致地为弟子们讲解京东大鼓的理论知识，认真传艺。在重点培养弟子们能够掌握京东大鼓"腕子活儿"艺术的同时，号召他们写新创新，歌颂新时代，与时俱进，让传统说唱艺术永远传承下去。

经过几年的努力，我的弟子李连贵、周金铎、李国岐、王广才、蔡翠英、张桂明、王兆启、潘海川、李永堂、曹树生、李和萍、李晓波等都已有了很好的继承。演唱、创作、伴奏都有了很大进步，给京东大鼓艺术的发展带来了希望。现在我有弟子 10 余名，再传弟子 50 多名，他们中有中国曲协会员 5 名，省市级曲协会员 10 名，区县级传承人 15 名，分布在京、津、冀、辽、晋、豫等地区。

我作为天津市非物质文化遗产代表性传承人，将带领我的弟子和再传弟子们，团结同仁，服务社会，颂扬新时代，让京东大鼓这一国家级民间艺术与时代同行。

京东大鼓浅析

王丛民

　　自清代乾隆时期，木板大鼓名家李文通从老家山东逃来京东行艺，在京东民间流传着民歌小调"靠山调"的基础上，后又经邓殿奎、陈连登、于七、王宪章、于景元、陈怀德、魏文然等传人的努力，逐渐形成了在北方特有的、深受人们喜爱的民间曲艺形式。京东大鼓近代流传于北京东郊八县，通常指通县、三河县、宝坻县、武清县、蓟县、香河县、平谷县，外搭潮县一座城。但潮县不是一个县，它是一个乡镇，为什么搭一个潮县？因为京东大鼓有个霍城调。京东大鼓是一种传统的说唱艺术，是在民间小调的基础上，结合当地的语言、声调发展而成的一个曲种。历史上对京东大鼓做出贡献的人很多，其中最有名、具有代表性、创新发展成流派的，就是京东大鼓工人表演艺术家董湘崑老先生。

　　董湘崑，天津宝坻人，酷爱京东大鼓。后拜刘文斌为师，他嗓音圆润，吐字清晰。董老一生都精心护理着京东大鼓这朵曲苑小花，是一位影响全国的京东大鼓表演艺术家。《送女上大学》《毛主席的书我最爱读》《白雪红心》《学雷锋》等众多与时俱进的创新唱段，唱出了自己的风格，传唱于祖国大江南北。董老一生收了 65 个徒弟，以"人比钱贵、德比艺高、德艺双馨、吾辈目标"这十六个字为标准激励徒弟，为弘扬民族文化、传承京东大鼓做出了卓越的贡献，不愧为京东大鼓董派艺术泰斗。

多少年来，京东大鼓的曲调没有文字表达，是董湘崑先生为京东大鼓标明十九个曲调，分别为："四开板""金钩调""双柔调""双高调""拉腔调""流水""重叠句""上音下合（低上音下合）""霍城调""回应调""单挑边""双转辙""燕抄水""十三咳""小悲调""大悲调""大反调""上板调""小串联"。

一、关于辙韵

京东大鼓的韵脚，普通叫作"辙口"或"辙儿"，所谓的"辙"便是车轱辘自然碾出来的轨迹，并不像火车那样先确定一定尺度的铁轨，然后把车轮纳在定轨里，京东大鼓十九个曲调，都在十三道辙的范围之内，这种自然合辙押韵是如何演变而成的，需要从元代以后的韵书去沿革探讨。

十三道辙的排列顺序：一"发花"、二"梭波"、三"乜斜"、四"一七"、五"姑苏"、六"怀来"、七"灰堆"、八"遥条"、九"油求"、十"言前"、十一"人辰"、十二"江阳"、十三"中东"。

十三道辙的演成在我国北方，已有六百多年的历史了，现在在北方流行的十三道辙又称为十三道大辙。这十三道大辙中究竟哪些字应该属于哪一辙，并没有成书可供查询。

在京东大鼓的作品中，除去十三道大辙外，还有两道小辙儿，分别是："小人辰儿"和"小言前儿"。

原来最初十三道辙都可以附儿，后因为语音方言的变化，归纳成"小人辰儿""小言前儿"两道小辙儿。

它们的归类法相传是：

一："一七辙""人辰辙""灰堆辙"加儿合成"小人辰儿"。

二："言前辙""发花辙""怀来辙"加儿合成"小言前儿"。

从而使辙韵加宽。

就辙口讲，京东大鼓一般是一辙到底，使用两辙或花辙很少见，除非是一次性且内容需要。

京东大鼓作品大辙多用"言前辙""中东辙"，小辙儿多用"小人辰儿"。

二、关于汉语发音

京东大鼓演唱要求演唱者声情并茂，字正腔圆，整场演出行如流水、高低起伏，把握适度，一气呵成，但要夹杂一些方言，同字不同辙，同字不同韵，辙口的运用在京东大鼓的词汇中是微妙的、千变万化的，有些词句上句无韵下句有韵，平仄音要准确。辙韵虽已固定，而运用尚有自由，因地方语言的差别，以及内容音韵的需要，活学活用。

曲调的韵味、板眼的准确、词语的轻重、节奏的快慢、表演的自如、音乐的配合，精准表现出演唱者自身的演唱功底和表演风格。

汉语发音口诀：唇、齿、舌、鼻、腭，正确做配合，轻重与前后，喷、弹、唷、吐、嗒。

汉语发音有四种呼音。开口呼音：八百标兵飘；合口呼音：它家哈啊搭；齐齿口呼音：资雌私四字；撮口呼音：居区物取去。

注意口型的正确，好声音来自胸腔共鸣、鼻腔共鸣、头腔共鸣，京东大鼓的尾音大都要运用好鼻腔共鸣，练就京东大鼓词句的正确呼音，要咬字头、轻字腹、重字尾。

十三道辙都有归韵的讲究，比如言前辙的归韵为安音，出现其他音，不能视为错，只能显示出自己的功力不够，韵味不足，唱段不干净。

三、关于演唱：浅析董湘崑恩师的京东大鼓《送女上大学》十九个曲调

京东大鼓是我国北方艺术形式的一种，起源于北京以东三河、香河、宝坻一带，在京、津、冀、辽、吉、黑等地区广泛流传，颇受群众喜爱。我师父董湘崑演唱的京东大鼓"字正腔圆、音韵不断、高不刺耳、低音婉转，唱得自然，听着舒坦，声情并茂，观众爱看"。为便于京东大鼓的创作，方便学唱京东大鼓《送女上大学》的唱段，曲调浅析如下：演唱者左手持鸳鸯板，右手拿鼓键子，击打九寸书鼓。前奏大过门儿击打唱点儿：@代表鼓板同击，×代表板，O代表鼓。

唱点打法是：合合一二三四合一、一二三四合一、一二合一二合、一二三四合一、一二合一二合、一二三四合一、一二三四五六七八合一，××××……

四开板："火红的太阳刚出山，朝霞铺满了半边天，公路上走过来人两个，一个老汉一个青年。"京东大鼓四开板由四个乐句组成，一板一眼。"顶板、板后、板后、板后"四句落音分别为5、2、1、5。四句文字分别为平、平、仄、平。"山"平，"天"平，"个"仄，"年"平。一、二声字为平声字，三、四声字为仄声字。演唱四开板要高亢有力，咬住字头，注意归韵的适度。《送女上大学》属于言前辙，归韵为"安"，四开

165

板唱完，有大过门儿，演唱者随乐队击鼓板，一二合、一二合、一二三四五六合、一二合、一二合、一二三四五六七八合、××××。

有些唱段四开板前加三字头，例如"表的是""唱一回"。三字头后边加小过门儿，四开板中间不加过门儿，一气呵成。

金钩调："张老汉今年有五十多岁，后跟他的女儿叫张桂兰。"金钩调的演唱激昂高亢，要声出丹田，有一定的力度，由两个乐句组成，落音分别为2、5。两句文字分别为："岁"仄、"兰"平。金钩调前可加三字头（这一天），高音亮不刺耳，金钩调上句尾字"岁"必须唱出京东大鼓的嗖音来，两句间有个小过门儿。

双柔调："那桂兰穿红格的衬衫多么好看，那制服的裤子是学生蓝。"双柔调像说话，不好唱出韵味，叙述性比较强，用于对话和描绘景物、人物等。由两个乐句组成，落音分别为5、2，两句文字分别为："看"仄，"兰"平。要求演唱者吐字清楚，低音婉转，优美动听。

拉腔调："她漆黑的头发两个小辫，绿帆布的书包挎在身边哪啊。"拉腔调用于双柔调、上音下合、流水等曲调之后，作为一个自然小段的结尾，像数、像说、像唱。尾音拉腔由弱到强。由两个乐句组成，落音分别为5、5，两句文字分别为：

"辮"仄，"边"平。

双柔调："那张老汉是青布裤子白布褂儿，实纳帮儿的夹鞋在脚上穿。"双柔调浅析同上，"褂"仄，"穿"平。

拉腔调："他身体健康黑红的脸，挑着个担子走在前哪啊。"拉腔调浅析同上，"脸"仄，"前"平。

燕抄水："你别看这个扁担，两头儿窄当不间儿宽，不搁上载儿是也不弯，要搁上载儿两头儿颤那个当不间儿掂，分量再重也不压肩。"燕抄水吐字清晰，注意轻重音的处理，演唱时似断不断，巧唱如蜻蜓点水。归韵为"安"。曲调由五个乐句组成，落音均为5，五句文字均为平声字："担"平（编者注：轻声在京东大鼓曲调中也标为平声），"宽"平，"弯"平，"掂"平，"肩"平。

金钩调："那张老汉，送他的女儿把大学上，特意给桂兰把行李担。"这句金钩调前加了三字头，其他浅析同上。三字头后加小过门儿，"上"仄，"担"平。

上音下合："他一气走了有十几里。"上音下合演唱时容易和双柔调唱混，注意"十几里"的发音位置，双柔调的"褂"字落音为6，上音下合落音为5，文字为："里"仄。因为演唱的需要，上音下合只唱了上句，然后转为单挑边："那桂兰要接扁担，让爹爹歇会儿抽袋烟，老汉说这担子我怕你挑不动啊，担心孩子你把路走偏。"由四个乐句组成，四句落音分别为2、2、5、2。四句文字分别为："担"平，"烟"平，"动"仄，"偏"平。演唱时尽量唱出对话的感觉。

双高调："那桂兰说，千斤的重担我能挑起，革命大道我永向前。"双高调加了三字头，由两个乐句组成，两句落音分别为5、5，两句文字分别为："起"仄，"前"平。双高调常用于激情、赞颂的词句。

双柔调："那张老汉双眼含笑把女儿看，我为啥送你用扁担？"浅析同上。但需要说明的是：第一句唱词后加了过门儿，具有亲切感。"看"仄，"担"平。

大悲调："那张桂兰听爹爹他问了一番，我想起来呀，这条扁担跟着爹爹饱尝风霜度过寒夜，浮现在面前，我说爹爹呀。"大悲调适用于表现强烈的悲愤情感，回忆叙述往日的辛酸苦辣。五句文字分别为平、平、仄、平、平。要求演唱者唱出感情，吐字准确，给人以悲伤的感觉，乐句中间加小过门儿。

大反调："旧社会您用它挑着哥哥去要饭，风里来雨里去受尽了熬煎，狗汉奸用扁担曾把您老人家打呀，夺扁担抗强暴您入了牢监，阶级仇民族恨充满了血和泪，桂兰我呀，桩桩件件都记在了心里边。"大反调适合表现悲伤场面，回忆心酸往事，诉说不幸的遭遇，悲悲切切的情绪，由六句组成，落音分别为5、2、6、1、5、5,六句文字分别为:"饭"仄,"煎"平,"打"仄,"监"平,"泪"仄,"边"平。乐句中间加小过门儿。

双柔调:"毛主席领导我们工农闹革命,爹爹您挑着扁担送子弹又救伤员。"浅析同上,后加过门儿,两句文字分别为:"命"仄,"员"平。

双高调:"化装小贩进据点儿,用炸药把敌人的炮楼儿端。"浅析同上,两句文字分别为:"点"仄,"端"平。

金钩调:"千里雷鸣万里闪,毛主席领导咱们打下了江山。"归韵为"安",浅析同上,两句文字分别为:"闪"仄,"山"平。

双柔调:"斗争地主分田地,驱走了愁容焕笑颜。"浅析同上,两句文字分别为:"地"仄,"颜"平。

双高调:"人民公社大道宽又广,您挑着担子走得更欢。"归韵为"安",浅析同上,两句文字分别为:"广"仄,"欢"平。

十三咳:"您用它挑过亩产千斤稻,卖余粮把这条扁担给压弯。"这是京东大鼓最有特点的曲调,尾音重,跳动性强,用于表现心情高兴、歌颂内容的词句。由两个乐句组成,落音分别为6、5,两句文字分别为:"稻"仄,"弯"平。中间加小过门儿，演唱者击打鼓板：一二三四合、一二三四合、一二三四五六七八合、××××。小过门儿鼓板打前半部分，大过门儿鼓板击打全部。

双高调："这艰苦奋斗学大寨，山沟也开出了丰产田。"浅析同上，两句文字分别为："寨"仄，"田"平。

重叠句："桂兰越说越高兴，她伸手又要接扁担，老汉二次把她拦。"由三句组成似双柔调第三句重复一遍，又似拉腔，适合于叙述过程，中间不加过门儿，落音分别为5、2、5，三句文字分别为："兴"仄，"担"平，"拦"平。

双柔调："老汉说还有件事情没跟你讲，今天送你我又用的这条扁担。"浅析同上，中间加小过门儿。文字分别为："讲"仄，"担"平。

霍城调："我用它也曾送人把大学上，那一次是在四三年。"霍城调流畅、音域宽，由两个乐句组成，高低音分明，对演唱者的音准要求较高，中间加小过门儿，演唱者击打鼓板：一二三四合、一一二三四合，落音分别为6、5，两句文字分别为："上"仄，"年"平。

双高调："送地主的儿子把书念，他骑着大马走在前。"浅析同上，文字分别为："念"仄，"前"平。

上音下合："他让我挑牛腰粗的铺盖卷，后边还挂着一个大网篮。"浅析同上，文字分别为："卷"仄，"篮"平。

拉腔调："我肚内空空腿发软，哪容我擦汗换换肩。"浅析同上，文字分别为："软"仄，"肩"平。

小悲调："我怒火填胸把牙咬碎，长夜漫漫盼春天。"用于表现忧伤、苦闷、悲愤等情绪，音色婉转，速度由快到慢。由两个乐句组成，落音为2、5，两句文字分别为："碎"仄，"天"平。

双高调："这扁担铭刻着仇和恨，新社会我挑着担子心里头甜。"浅析同上，文字分别为："恨"仄，"甜"平。

小串联："桂兰你上大学是贫下中农把你推荐。这真是两个世界两重天。"浅析同上，加了三字头"桂兰你"，板眼是一样的，中间小过门儿叫学舌伴奏。文字分别为："荐"仄，"天"平。

双柔调："劳动人民本色不能变，努力做到又红又专，牢记党的基本路线，反帝反修斗志坚。"两个曲调中间不加过门儿。四个乐句组成。文字分别为："变"仄，"专"平，"线"仄，"坚"平。

三字头："桂兰说"这个上板调前的三字头非常重要，也可以说凡是有上板调、流水的京东大鼓唱段，必须加三字头，文字为："说"平。

上板调："您的话有千斤重，句句记在了我的心间。"上板调由两个乐句组成，从上板调开始。乐队变调、半音较多，要求演唱者吐字要清楚，尤其是音，唱得必须要准，否则乐队伴奏会掌握不好点儿。文字分别为："重"仄，"间"平。

流水："把这条扁担交给我，毛主席革命路线我走不偏。这时节，通红的太阳当头照，爷儿俩赶路奔向前。"流水调演唱时要轻唱、干净、干脆、半说半唱，文字一般两句一番，中间不加过门儿，可以反复多次使用。音韵不断，尤其是"当头照"三个字加重了语气，声似流水、一气呵成。文字分别为："我"仄，"偏"平，"照"仄，"前"平。

双高调："通红的太阳当头照，爷儿俩赶路奔向前。"京东大鼓多用双高调结尾。最后拖腔的唱法有两种：一种上扬，一种不上扬。但落音都为5，文字分别为："照"仄，"前"平。

言前辙一辙到底。演唱者表演完毕，右手击鼓，左手打板，随着乐队的三板三眼伴奏；一二三四五六合。一二击一下鼓、三四打一下板，合是把鼓键子、鸳鸯板同时放在鼓面上，鞠躬。双手端鼓架子不慌不忙，走下舞台。

双转辙："怕夜长北风寒，伤风感冒病来缠。"文字分别为："寒"平，"缠"平。

回应调："那些老贫农，茅屋可曾进风雪，那五保户，家里的窗户严不严。"两个乐句都加了三字头，文字分别为："雪"
仄，"严"平。

小串联："她大眼睛，鼓鼻子儿，尖下颏，薄嘴唇儿，身
上穿着连衣裙儿。"文字分别为："睛"平，"子"仄，"颏"
平，"唇"平，"裙"平。

以上是我对董湘崑恩师的京东大鼓《送女上大学》的浅析，
供初学者参考。

四、关于表演

京东大鼓能传唱的段子有人物、故事情节的居多，在演唱
每一段有故事情节的唱段时往往是一人饰多角。有男有女、有
老有少，形体动作较多，需要演唱者以丰富的面目表情来表达
人物内心。演唱者要不断登台锻炼自己，根据当地风土人情入
乡随俗，久练多熟，熟能生巧。人物的表现要进得去、出得来。
一个人就是一台戏，表演要适度、恰好。

手："指东先指西"。眼："视高先看低"。身："移步
面朝前"。法："直如松挺立"。步："欲行先后退"。手、
眼、身、法、步协调、自然、统一。

表演是与观众互动、弥补唱功不足的手段，好嗓音是先天
的，而表演是后天练就的。只要功夫深，一个京东大鼓唱段水
到渠成。一定要唱够遍数，悟出京东大鼓的韵味，声情并茂、

表演自如。

五、十三道大辙的平声、仄声字

（一）"发花辙"

平声：巴、妈、他、叉、沙、家、瓜、夸、花、发、抓、洼、答、拍、拉等字。

仄声：把、甲、打、罢、怕、骂、大、架、厦、下、挂、话、腊、挎等字。

（二）"梭波辙"

平声：坡、多、梭、锅、车、哥、呵、科、摸、脱、说、割、磕、拨等字。

仄声：破、垛、或、过、卧、各、贺、坐、错、乐、客、恶、热、个等字。

（三）"乜斜辙"

平声：爹、街、捏、接、切、爷、跌、节、绝、些、缺、约、邪等字。

仄声：血、界、蟹、孽、业、月、借、聂、夜、确、切、等字。

（四）"一七辙"

平声：批、低、基、欺、希、衣、嘻、妻、驹、鱼、须、逼、梯、七等字。

仄声：底、里、你、俐、季、气、戏、意、屁、婿、矩、季、玉等字。

（五）"姑苏辙"

平声：扑、夫、都、孤、呼、珠、初、梳、书、秃、出、哭、忽、屋等字。

仄声：堡、付、杜、顾、户、住、处、树、度、怒、肃、裤、雾等字。

（六）"怀来辙"

平声：来、呆、槐、该、钗、开、腮、灾、摔、拍、摘、哎、猜等字。

仄声：态、爱、怪、坏、待、盖、卖、害、带、赛、再、帅、败、蔡等字。

（七）"灰堆辙"

平声：杯、非、威、推、龟、亏、挥、追、吹、催、黑、灰、呸、堆等字。

仄声：会、贵、辈、会、配、碎、魏、妹、愧、岁等字。

（八）"遥条辙"

平声：包、猫、刀、掏、高、招、抄、烧、遭、腰、标、

175

交、削等字。

仄声：跑、炮、熬、暴、冒、到、告、套、少、俏、要、赵、好等字。

（九）"油求辙"

平声：兜、偷、钩、舟、抽、收、悠、丢、丘、驹、揪、粥等字。

仄声：斗、透、够、漏、后、臭、受、又、舅、皱、凑等字。

（十）"言前辙"

平声：安、般、攀、翻、单、肝、贪、沾、天、间、关、言、甜、娟、端、山等字。

仄声：按、绊、烂、盼、范、旦、探、占、艳、店、欠、劝、见、善等字。

（十一）"人辰辙"

平声：恩、分、根、针、深、音、春、金、温、吞、村、人、臣、宾、新等字。

仄声：甚、份、振、恨、禁、信、问、顿、俊、任、寸、印等字。

（十二）"江阳辙"

平声：帮、方、铠、汤、刚、康、夯、昌、江、香、秧、枪、霜等字。

仄声：棒、放、荡、丈、让、样、量、象、框、趟、炕等字。

（十三）"中东辙"

平声：朋、风、灯、坑、哼、争、生、东、听、兄、钉、青、钟等字。

仄声：碰、剩、凤、正、庆、性、哄、洞、仲、瞪、送、用等字。

六、两道小辙

（一）"小人辰儿"

人儿、依儿、心儿、池儿、侄儿、地儿、字儿、女儿、子儿、裙儿、意儿、穗儿、贝儿等字。

（二）"小言前儿"

转儿、曼儿、钱儿、岩儿、盘儿、画儿、环儿。

艳儿、片儿、面儿、盖儿、馅儿、家儿、船儿。

关于儿化韵的解释很少，没有列入字可查询，需要在学习中加以体会。

唱好京东大鼓，要"曲调印在脑子里、融化在血液中"，不断实践，唱出水平，世代传承。

走进董湘崑的鼓曲人生

王　东

京东大鼓是北方鼓曲艺术之一，2006 年被列入国家级非物质文化遗产保护名录。这一曲艺形式最早源于京东一带流传的民间小调小曲，后经几代鼓曲人的钻研实践，逐渐创新发展形成一种以京东方音演唱平谷调为基础，吸收河北民歌及落腔调旋律的板腔体鼓曲艺术形式。二十世纪三十年代初主要流行于河北及天津地区，如今主要流行于河北廊坊、承德、保定、唐山，以及北京怀柔和天津宝坻一带，无论何年何月，无论天涯海角，北方的老百姓一听到它的旋律，必然会勾起无尽的思乡之情。

提起京东大鼓的发展史，就不得不提到两个人——刘文斌和董湘崑。刘文斌出生于一个雇农家庭，自幼喜好听书，年轻时为了谋生选择了在天津演出，京东大鼓便是由他命名的。二十世纪三十年代，伴随刘文斌在电台的播演，京东大鼓逐渐受到了群众的喜爱，影响日趋扩大，逐渐传到北京、唐山等地。另一位家喻户晓的京东大鼓演员董湘崑，他的一首《送女上大学》曾传遍祖国的大江南北，《罗成算卦》《老来难》《让座》《劝人方》等众多经典曲目也一直传唱至今，他的作品使京东大鼓成为中国北方乃至全国人民喜闻乐见的曲艺形式。

董湘崑出生于天津这座曲艺之乡，自小耳濡目染评书、相声、戏曲等多种艺术形式，这也为他日后成为一名曲艺工作者埋下了伏笔。1952 年，董湘崑开始在基层工会文工团表演相声、曲艺剧、单弦、京东大鼓、清唱、河南坠子等节目。1953 年，董湘崑担任文化宫和平区工人俱乐部业余曲艺团团长。1954 年，董湘崑拜师刘文斌，专攻京东大鼓，在系统地学习了京东大鼓之后，董湘崑继承了刘文斌演唱艺术的精髓，并在其特色唱腔的基础上将宝坻方音改为接近普通话的京音，进一步加工、规范唱腔；另一方面，董湘崑充分展现了自己的创作天赋，通过不断延展自己的艺术思路创作出了一大批适应时代的新曲目，深得广大观众的喜爱。在他的努力下，京东大鼓不仅在华北地区有着广泛的群众基础，甚至传播至我国大江南北。当时因为他本是天津市东方印刷厂的业余演员，所以又被誉为工人曲艺演唱家。目前国内流行的京东大鼓演唱形式和曲牌几乎都是董湘崑先生整理、修改的版本，因其曲调优美、语言流畅、通俗易懂、简单好学，颇受广大鼓曲爱好者青睐。二十世纪六十年代至今，董湘崑用他自己对京东大鼓艺术的坚守和热爱，通过不懈努力，令京东大鼓的发展走向高峰，影响遍及北方各地，使其演唱曲牌和表演模式一直流传至今。自从学唱了京东大鼓，董湘崑的一生便和京东大鼓的改革与传承联系到了一起！

一、生动故事展现百味人生

京东大鼓作为首批国家级非物质文化遗产，在天津这片曲艺之乡有着深厚的群众基础。其浓郁的乡土气息、平民化和草根性的内容主题，充分贴合京东地区老百姓的人文精神和文化内涵。不论长篇作品还是短篇小曲，唱词几乎没有生涩的语言，通俗易懂，好记易学，易于传播的特性也使京东大鼓在诞生以后，能迅速地从土生土长的农村朴素艺术转化为城市艺术，推向全国，具有了全国性。

据不完全统计，京东大鼓的经典剧目至少有 117 部。其中长篇有 31 部，中篇 23 部，短篇 43 部，书帽 20 篇。董湘崑创作的曲目有被多次翻唱的经典作品《送女上大学》、赞扬新时代社会先锋模范的《模范孙桂珍》、涉及宣传交通安全的曲目《躲警察》、宣扬传统美德的《让座》等大批耳熟能详的作品。

董湘崑创作的鼓曲总是能用短小精炼又风趣幽默的语言

给人最直接的故事感受。董湘崑在选材上，首先要求故事贴近生活现实，易于接受，同时他自己对百姓生活的洞察力敏锐，使一个个鲜活生动的人物形象和一幅幅富有画面感的故事内容出现在他创作的鼓曲之中。以其传唱最为广泛的代表作《送女上大学》为例，用"火红的太阳刚出山，朝霞铺满了半边天"两句环境描写作为铺垫，既锁定了鼓曲内容积极向上的基调，又传递给人一种充满希望的愉悦心情。随后对两位角色的介绍，用到了红格衬衫、学生蓝、漆黑的小辫儿、绿帆布的书包等典型特征，将一名朝气蓬勃的新时代学生形象赫然立在观众脑中；而青布裤子白布褂儿、实纳帮儿的夹鞋、黑红的脸、肩挑担子这简单几个词，又将一个憨厚朴实的农村老汉形象鲜活展现。随后几句对扁担的描写："两头儿窄当不间儿宽，不搁上载儿是也不弯，要搁上载儿两头儿颤那个当不间儿掂，分量再重也不压肩。"通过幽默俏皮的灌口形式赞美了我国劳动人民的智慧，使鼓词内容押韵上口的同时又增添了作品的喜剧效果，可以说这首经典作品的每一句鼓词都体现了董湘崑在内容创作方面的天赋才能和对生活细节的精准把握。难怪曾有一个香河的观众谈起与京东大鼓的结缘就说："当年，自从听到了那首《送女上大学》之后，便迷上了京东大鼓！"

反观生活在现代繁华都市中的人，最怀念的事情之一就是曾经的邻里关系。每当听到董湘崑的京东大鼓，仿佛就能回到那个对物质的追求和欲望相对淡然的时代，更愿意让自己静下心来享受生活。董老的创作唱出了老百姓的酸甜苦辣咸，道出了街坊邻里的家长里短，在现在这个被多元文化冲击的社会里能听到这些京腔京韵的传统声音的机会已经越来越少了，这韵律听着格外亲切！仿佛又回到了胡同里，大院儿门前，国槐树下，沏上那壶幽香的茉莉花高沫儿……

听他的鼓书，不止能感受到好听，还能体验到一种生活中的烟火气息，不急不躁地演绎着说不完的故事，在烟火气里讲述一个个人生哲理。他十分擅长创编反映现实的艺术作品，例如作品《老来难》，就是用"嬉笑怒骂，皆成文章"的方式教人明白无论是谁都会老，告诉我们要牢记尊老爱幼这一中华民族传统美德，真可谓是平淡之中见功夫！

二、大胆创新，演绎鼓韵悠扬

京东大鼓的表演形式，最初时为木板击节，后改为铁片、铜板。演唱者右手击书鼓，左手击板，站立演唱，弦师弹大三弦伴奏。后又加入了扬琴伴奏，三弦伴奏及三弦加扬琴伴奏两种形式并存。演员在舞台表演时左手持鼓、右手击板，说唱结合，边唱边演，刚柔相济，动静结合。董湘崑的师父刘文斌在天津的经历使他结交了各行艺人，也进一步地开阔了他的艺术眼界，他在京东大鼓的唱腔方面吸收了农村小曲、地头调的唱法，甚至还吸收借鉴了当时老学究诵读诗文的平仄韵味。他还固定了许多基本唱腔，把上场的那一句唱词抹去，改为："表的是"这样开门见山，直接入活，加上他本身演唱的曲词准确、通畅，使京东大鼓的表演在简洁的基础上，字正腔圆且韵味十足。

董湘崑拜师刘文斌之后，其艺术上的创新思维得到了凸显。他曾在一次采访中谈道："京东大鼓有一样好处——字眼清楚，不用打字幕。"这种带有京东韵味的白话演唱容易"一听就懂"，是人们喜爱京东大鼓的原因之一。而这个特点正是由于董湘崑将原有的宝坻方音改为接近京音才有的。

董湘崑一直秉承着"先继承、后发展"的理念，十分注重在吸收借鉴先辈表演艺术的同时加以创造性发挥，他不仅在继承老一辈艺人的唱腔和表演风格方面成绩显著，而且又有所发展和创新。董湘崑自己的嗓音宽厚、发音甜润、字眼清楚、乡土味浓，他的演唱吐字真切，发音准确，京腔京味，字正腔圆，能把每一句唱词或话白送入观众耳中。他依据自身嗓音特点对京东大鼓的板式、唱腔进行加工创新，还尝试将其他曲种的许多曲目移植到京东大鼓中。经过不断探索尝试，董湘崑将自己独特的嗓音效果发挥到极致，最终形成了"董派京东大鼓"。开场的那句"表的是"增加了自己独有的韵味，随后的演唱或娓娓道来，或悠扬婉转，配合他声情并茂的表演，总能令观众沉醉于他的京腔京韵之中，感觉回味无穷！很多喜爱京东大鼓的听众都表示董湘崑的表演即使没有字幕也能字字明了、句句清晰。另一方面，董湘崑的京东大鼓表演十分善于在台上设计技巧，"拉腔调"低音婉转，"双高调"曲调高亢，气势磅礴。"流水"板式演唱得轻松俏皮。"回应调"又荡气回肠，情在其中。这种说唱皆佳的表演，人人爱听。而且京东大鼓许多的曲牌经过董湘崑的创造性改进有了更丰富的表现力，比如由董湘崑演绎的"十三咳"幽默诙谐，凭借着自己风趣幽默的表情动作与观众进行互动，现场效果极佳，让许多老百姓爱上了听京东大鼓。

正是他对鼓曲故事情节的深刻揣摩理解，使他在演唱时既能表现出声音的圆润悦耳，同时又能使声音表现得活灵活现、富有感情，即"声情并茂"。董湘崑在演出时，对情绪表现把控得十分精准。有些段子短小精，他就表现得干净利索，一唱起来就得是冲的、麻利的、爽快的。有些是得讲故事、展现人物内心的，他就在表演上用半说半唱、有轻有重的状态来呈现，让人听着富有感情。听董湘崑的作品可以感受到他是在由内而外地讲故事，对人物的性格特点塑造得十分生动，入耳就是活灵活现的画面，很多作品中的人物刻画都是将生活中的市井人物特色与韵味做到了完美结合。目前留下的许多董湘崑的演出视频都是董老七十多岁时录制的，晚年的董老风采依旧，台上的他旋律丰厚，唱腔多变，怎么也让观众听不腻，足见他在唱腔设计方面下足了功夫。

三、德艺双馨，始终知行合一

好的曲种，好的艺人还要走向市场，要宣传、要传承、要让更多的观众了解和喜欢。京东大鼓作为一种有故事、有说唱、大众喜闻乐见的曲艺形式，如果没人普及也不会有如今这么大的影响力！董湘崑一生培养了众多专业和业余表演者，使京东大鼓的影响扩大到中国各地，也使带有其师父刘文斌韵味的唱腔流派成为京东大鼓的最主要流派。对于京东大鼓的发展，董湘崑一直认为不能闭门造车，因此他从早年就一直想出书将自己的作品宣传出去。但是由于当时没有钱，像《送女上大学》，他最后只能选择用价格低廉的油印方式将词曲谱子印刷2000张，用邮寄的方式向外推广。正是由于他不遗余力的推广，京东大鼓成功地走到了祖国的大江南北。后来经过多方努力，他的《董湘崑京东大鼓文集》终于得以出版，这也为京东大鼓传承提供了非常宝贵的艺术资料。

与此同时，董湘崑晚年还在培养京东大鼓表演人才方面付出了自己的全部精力。他的弟子遍布全国各地，桃李满天下。

每当他的徒弟们聚在一起回忆老师董湘崑时，都有说不尽的故事。他们眼中的老师为了培养更多的京东大鼓人才，常常一文不取。只要愿意学，他甚至不收钱、还管饭，亲自上门教学生。为人乐观、随和的董湘崑对徒弟们非常有耐心，有时候徒弟们的表演技巧不对，他就不急不躁地反复示范，但是他也有自己的"执念"，他教导学生要谨记"人比钱贵，德比艺高，德艺双馨，吾辈目标"的艺术准则。董湘崑也是一直这样严格要求自己的，多年来他一直以一个印刷工人自居，从不把自己当成大众口中的"表演艺术家"。他在表演技术上求正求严、求专求宽，一再强调曲艺作品要通俗、大众化，观众听的就是原汁原味。因此他要求自己的学生和后辈既要有正宗的京东大鼓韵味，又要有时代的新精神，也就是既要有全面的素质、丰富的手段、深入生活的内容，又要有深厚的传统韵味、纯正的地方特色，做到吸纳百家长，有规不逾矩。他自己更是无论什么时候，都在台上动情地表演。尽管没有接受过更多的文化教育，但董湘崑在艺术创作上一丝不苟，他对自己的作品要求十分严谨，必须严格遵守曲艺作品的创作规律。他的代表作《送女上大学》在鼓词创作阶段就修改了十三稿，台上演出更是经过他与弦师精雕细琢，多次打磨，最终才有了这样一部喜闻乐见的高质量作品。

　　谦逊和蔼、不守旧也是董老给大众留下的印象。晚年的董湘崑即使自己的艺术地位已经在京东大鼓领域首屈一指，还经常踊跃参加各种京东大鼓的演出，还经常义务教唱，一点儿也没有艺术家的架子，非常随和，有求必应。演出时他也从来不要求主办方接送，都是自己骑着车，带着扬琴、三弦穿大街过小巷。另一方面他自己从来不居功自傲，更是毫不吝啬对同行的尊重和提携。在京东大鼓漫长的发展过程中，从艺几十年的董湘崑对京东大鼓艺术的热爱从未更改，在晚年的收徒仪式上他常说的一句话就是："希望你们继承、发展、团结，弘扬曲艺文化！"这也是他毕生的愿望！

关于京东大鼓传承问题的几点思考

武 朋

京东大鼓起源于京东一带，是广大群众喜闻乐见的曲艺形式，自诞生以来，传唱不衰。在以老艺术家董湘崑为代表的京东大鼓表演艺术家、传承人的不懈努力下，二十世纪六十年代至七十年代，京东大鼓曾出现高峰期，其曲种的影响也遍及全国各地。京东大鼓作为中国曲艺界的一朵奇葩，已列入国家级非物质文化遗产保护名录，一代代京东大鼓人共同用心血浇灌着这朵艳丽的艺术之花。

为了使京东大鼓更好地进行传承和发展，近年来，廊坊市已经成功举办过六届京津冀（廊坊）京东大鼓书会。每次书会都会邀请北京、天津、河北等省市的多位专家作为评委，当然每一届的节目都精彩万分。我参加了每一届的京津冀（廊坊）京东大鼓书会，虽然亲眼见证了京东大鼓正在慢慢复苏并焕发生机，但京东大鼓艺术的传承与繁荣仍面临着许多的问题和挑战。

通过参加几次书会，我对京东大鼓艺术的传承问题进行了以下几点思考。

一、京东大鼓传承人的问题

对传统演唱艺术的保护，主要途径是保证传人进行高水平的、原汁原味的传承，京东大鼓在这方面的任务可能较其他曲种更为紧迫。历史上，京东大鼓的传人一直不是很多，一度似乎是一脉单传，让人为之担忧。现在经过各级领导的重视和老艺术家的努力，情况有所改观，但较兄弟曲种仍显薄弱，因此对于条件适合而又有志于京东大鼓的新人，应当给予更多关心、培养和扶植。另外，任何一种艺术的传承都离不开年轻人，离不开新鲜的血液。加强艺人队伍建设，特别是吸引年轻一代的注意力，提高艺人的整体素质并制订一些切实可行的规章制度约束艺人，这些都是势在必行的。让年轻人成为主力军，让观众们看到年轻人对京东大鼓的喜爱和传承，才能使京东大鼓散发出更加朝气蓬勃的魅力。

二、京东大鼓新作品的创作问题

随着时代的发展和生活节奏的加快，北方鼓曲唱段从中、长篇转向短篇是大势所趋，而短、平、快的小段本来就是京东大鼓的长项，值得重点关注。在实际创作中，新作品的创作不但要求演员要具备贴近时代的思想意识，还需要借助一定的技术手段，将音乐唱腔和唱段内容融合在一起，才能以足够的艺术力量感染当代观众。创作者要把握新环境，领悟新文化，改造传统技艺，不断进行新的追求和探索。要创作更多紧密贴近百姓生活、反映时代情趣而又足以体现曲种特色、优势的曲目出来，让新人有更多展示和创造的机会。创作的作品不仅要凝聚传统文化元素，更要积极传递社会主义核心价值观的正能量，这样才能在新时代的广大人民群众中引发热烈的反响。作品创新是京东大鼓传承的重要基础，创造新的"经典"是京东大鼓繁荣的切实保证。

三、机制问题

虽然京东大鼓现已被列入国家级非物质文化遗产保护名录，但是保护京东大鼓的具体措施有待进一步完善。一是指导机制。希望各地文化主管部门的领导更加重视京东大鼓艺术，推出更多指导政策，积极出台文艺创作的有关规定，确定分管领导，明确职责，并设立考核目标。有了强有力的领导，京东大鼓才能长远传承。二是运行机制。我们要大力鼓励京东大鼓各种演出比赛活动和艺术交流活动，不论是官方的还是民间的，专业的还是业余的。特别是要在打造京东大鼓品牌活动、着力打造精品上下功夫，逐渐从抓数量向抓质量进行转变，以繁荣出精品，以精品促繁荣。 三是激励机制。文化主管部门要出台相应的奖励制度和办法。首先对于新人、新作品要进行大力宣传，推陈出新，让观众认可；其次对于京东大鼓曲艺创作者要加大扶持力度，激发其创作热情，并给予一定的物质奖励；再次对于在京东大鼓比赛中获奖的艺人在大力宣传、报道的同时，视获奖情况给予其荣誉证书、称号或一定的物质奖励；最后对于京东大鼓的文化传播者要进行大力支持，可以拨付适当的经费，提供必要的活动场地和各种乐器，以保证京东大鼓的教学和文化传播能够顺利展开。

京东大鼓作为国家级非物质文化遗产，有着深厚的群众基础。京东大鼓唱词通俗易懂，好记易学，易于传播。京东大鼓是民族的文化，是人民的艺术。希望越来越多的人喜爱京东大鼓，传承京东大鼓，创造京东大鼓更加辉煌灿烂的明天！